CB036133

SE ENCONTRAR ESTE DIÁRIO,

POR FAVOR DEVOLVA PARA

MAX CRUMBLY

IMPORTANTE: Se EU estiver desaparecido, por favor entregue este caderno para as autoridades!

AVISO:

Este diário contém
humor muito doido,
ação eletrizante,
suspense de roer as unhas,
raps maneiros
e momentos de pura tensão!

Outros livros de
RACHEL RENÉE RUSSELL

Diário de uma garota nada popular 1:
histórias de uma vida nem um pouco fabulosa

Diário de uma garota nada popular 2:
histórias de uma baladeira nem um pouco glamourosa

Diário de uma garota nada popular 3:
histórias de uma pop star nem um pouco talentosa

Diário de uma garota nada popular 3,5:
como escrever um diário nada popular

Diário de uma garota nada popular 4:
histórias de uma patinadora nem um pouco graciosa

Diário de uma garota nada popular 5:
histórias de uma sabichona nem um pouco esperta

Diário de uma garota nada popular 6:
histórias de uma destruidora de corações nem um pouco feliz

Diário de uma garota nada popular 6,5: tudo sobre mim!

Diário de uma garota nada popular 7:
histórias de uma estrela de TV nem um pouco famosa

Diário de uma garota nada popular 8:
histórias de um conto de fadas nem um pouco encantado

Diário de uma garota nada popular 9:
histórias de uma rainha do drama nem um pouco tonta

Diário de uma garota nada popular 10:
histórias de uma babá de cachorros nem um pouco habilidosa

Diário de uma garota nada popular 11:
histórias de uma falsiane nem um pouco simpática

Desventuras de um garoto nada comum 1:
O herói do armário

Desventuras de um GAROTO nada comum

CAOS NO COLÉGIO

LIVRO 2

RACHEL RENÉE RUSSELL

com Nikki Russell

Tradução
Silvia M. C. Rezende

4ª edição

Rio de Janeiro-RJ / São Paulo-SP, 2024

VERUS
EDITORA

Título original: The Misadventures of Max Crumbly: Middle School Mayhem
Editora executiva: Raïssa Castro
Coordenação editorial: Ana Paula Gomes
Copidesque: Anna Carolina G. de Souza
Revisão: Raquel de Sena Rodrigues Tersi
Diagramação: André S. Tavares da Silva
Capa e projeto gráfico: adaptação da original (Karin Paprocki)
Ilustrações: © Rachel Renée Russell, 2017

ISBN 978-85-7686-623-7

Verus Editora Ltda. Rua Argentina, 171, São Cristóvão, Rio de Janeiro/RJ, 20921-380,
www.veruseditora.com.br

CIP-BRASIL. CATALOGAÇÃO NA FONTE
SINDICATO NACIONAL DOS EDITORES DE LIVROS, RJ

R925d
Russell, Rachel Renée
Desventuras de um garoto nada comum 2 : caos no colégio / Rachel Renée Russell com Nikki Russell; tradução Silvia M. C. Rezende. - 1. ed. - Rio de Janeiro, RJ : Verus, 2024.
il. ; 21 cm. (Desventuras de um garoto nada comum ; 2)
Tradução de: The Misadventures of Max Crumbly : Middle School Mayhem
ISBN 978-85-7686-623-7
1. Ficção infantojuvenil americana. I. Russell, Rachel Renée. II. Rezende, Silvia M.C. III. Título. IV. Série.
17-43135 CDD: 028.5
CDU: 087.5

Revisado conforme o novo acordo ortográfico

Impressão e acabamento: Santa Marta.

Para Lee "Bat Boy" Mignogna

Feliz quarto aniversário para um aprendiz de super-herói pronto para derrotar os bebês tubarões e os fantasminhas do Pac-Man que aparecerem em qualquer lugar!

DESVENTURAS DE UM GAROTO NADA COMUM
(COISAS IMPORTANTES QUE VOCÊ PRECISA SABER CASO EU DESAPAREÇA MISTERIOSAMENTE)

1. DE HERÓI A PÉ DE CHINELO

Eu sabia que a vida no ensino fundamental II ia ser difícil, mas nunca pensei que fosse acabar MORTO no laboratório de computação, usando uma FANTASIA DE SUPER-HERÓI, com quatro fatias de PIZZA grudadas no TRASEIRO!

Na verdade, meu dia começou bem normal...

Ei, eu NÃO sou idiota! Eu SABIA que não tinha a forma física de um super-herói! Mas isso nunca me impediu de olhar no espelho e desejar...

... que um dia um garoto normal como eu pudesse fazer algo bom. Sabe como é, fazer algo genial!

Tá, tudo bem! **QUEM** eu estava **QUERENDO enganar?!** A minha situação não tinha JEITO! Eu jamais conseguiria mudar o mundo...

E foi aí que tive uma ideia brilhante! Talvez eu pudesse MUDAR o HOMEM no espelho! **COMO?...**

Usando meus conhecimentos de anatomia, minhas habilidades incríveis...

E UM TUBO INTEIRO DE PASTA DE DENTE!!

~~Tá bom, você tem razão. Acho que você pode dizer que sou, tipo... ESQUISITO!~~

~~Tudo BEM! A maioria dos super-heróis e dos vilões também é meio esquisitona. Por esse motivo gosto de pensar nisso como um talento inexplorado.~~

Você deve estar aí pensando COMO eu consegui criar TAMANHA CONFUSÃO (estou falando da coisa toda no colégio, NÃO da bagunça no meu banheiro).

Tudo começou quando ~~Doug~~ Tora Thurston me trancou dentro do meu ARMÁRIO depois da aula. Infelizmente, fiquei preso ali dentro por HORAS!!

Não vou mentir! Eu SURTEI geral!

Dá um tempo!

Fiquei totalmente sozinho. Em um colégio escuro e assustador. Trancado DENTRO do meu armário.

Tipo, o FIM DE SEMANA PROLONGADO INTEIRO!

Fala sério, cara! VOCÊ também teria surtado!

De qualquer forma, depois de, tipo, uma eternidade, finalmente consegui fugir pelo sistema de ventilação.

Mas, quando eu estava passando pelo laboratório de computação, trombei sem querer com três assaltantes roubando os computadores novinhos em folha do colégio! Aquilo foi SURREAL!

Comecei a pensar como sou FRACASSADO, a ponto de todo mundo no colégio me chamar de GORFO ~~só porque eu, sem querer, vomitei mingau no tênis do Tora, na aula de educação física.~~

~~Foi mau, mas, se você tivesse visto bem de perto aquele monte de espinhas cheias de pus que ele tem na cara, também teria vomitado!~~

Então, eu FINALMENTE tive a chance de MUDAR completamente a minha vida patética. COMO?!

Detendo os ladrões e salvando os computadores do colégio ~~e, ao mesmo tempo, impressionando a Erin, a presidente do clube de computação!~~

~~Mas não me leve a MAL! Não que eu esteja na dela ou algo assim! MAL conheço a garota!!!~~

E então, *B U M ! !*

Eu ia ARREBENTAR, e rapidamente passaria de ZERO à esquerda a HERÓI!

SINISTRO!!

Esta aqui, galera, é a bem ESTRANHA, porém VERDADEIRA história de como enfrentei o MAL e a INJUSTIÇA nos corredores MOFADOS, ESCUROS e PERIGOSOS do Colégio South Ridge.

Registrei cada detalhe no meu diário, DESVENTURAS DE UM GAROTO NADA COMUM, que levo comigo para todos os lados. Então vamos retomar de onde parei...

Eu tinha acabado de enganar aqueles ladrões safados e estava VOANDO pelo colégio feito um foguete para mandar uma mensagem para a minha parceira, Erin!...

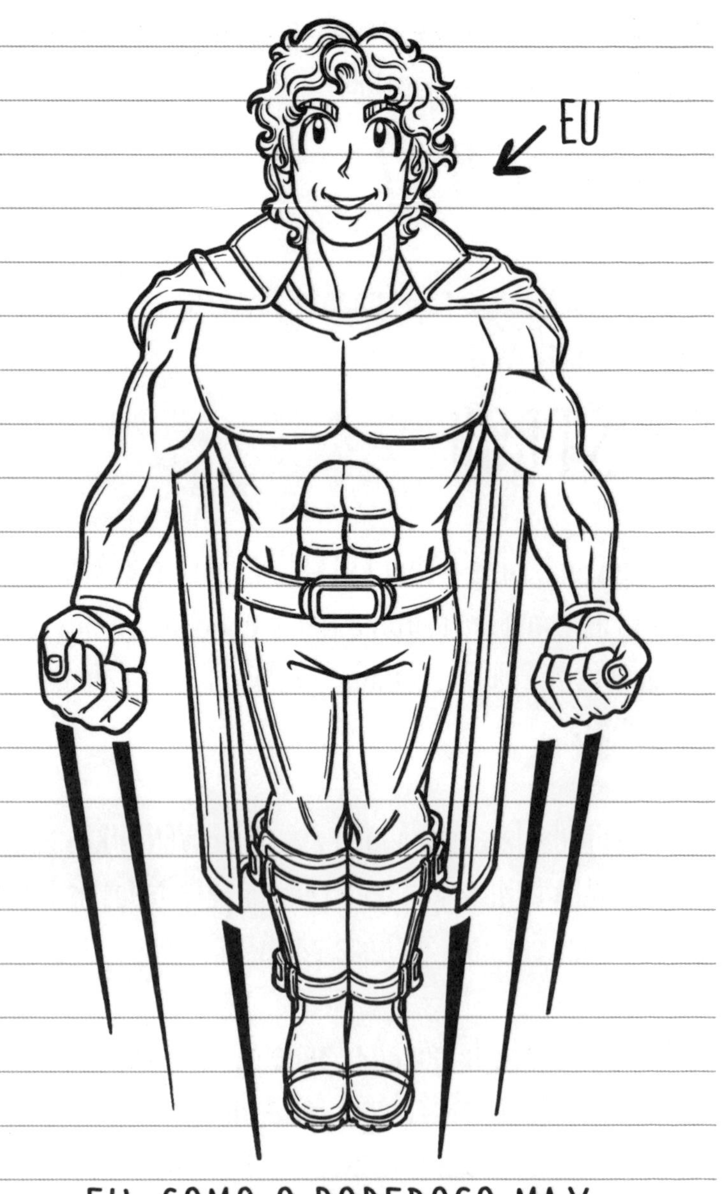

EU, COMO O PODEROSO MAX,
CAUSANDO PELO COLÉGIO!!

ERIN, A MINHA BFF E SUPER-HEROÍNA!

Tudo bem, eu admito que posso ter exagerado um pouquinho. Foi isto o que aconteceu de VERDADE...

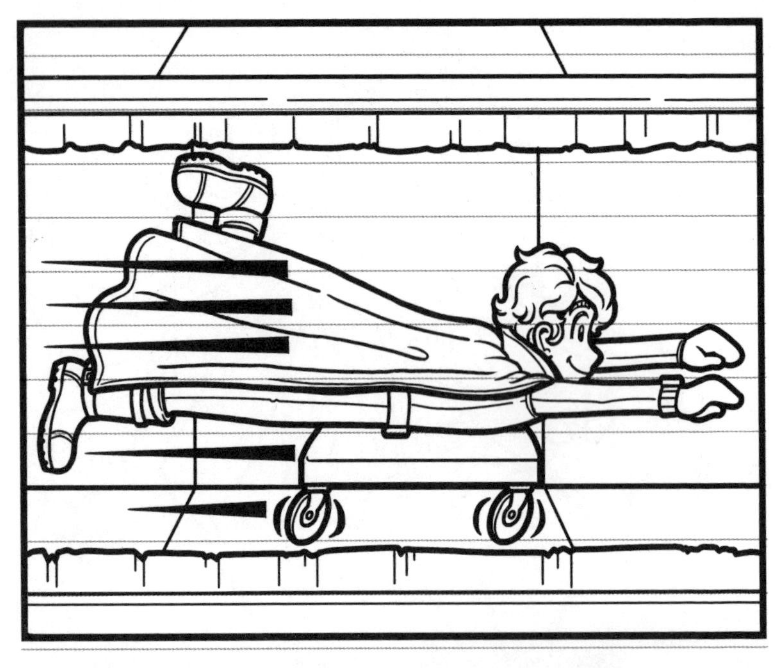

NÃO!!

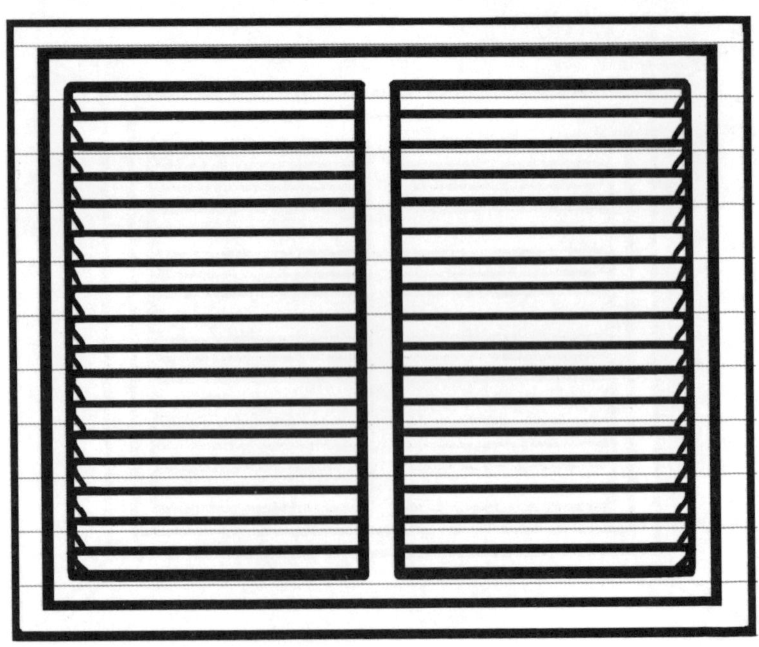

VUPT!!
AAAAAAHHHHH!!!

CÊ TÁ MORTO, CARA!!
GRRRRR!!
PERDEU, MOLEQUE!!

Esse foi o...

PIOR.

DIA.

DA MINHA VIDA!!

2. UMA BAITA CONFUSÃO!

Fiquei lá plantado em cima daquela pizza idiota por, tipo, uma ETERNIDADE.

Aqueles três bandidos ficaram colados na minha cara feito mau hálito, me encarando de um jeito bem feio.

A TRETA foi muito... SINISTRA!

Mas acabou servindo de inspiração para um RAP...

UMA BAITA CONFUSÃO
(DO RAPPER MANEIRÃO MAX C.)

Tava pegando um tubo na ventilação
numa noite no colégio.
Num skate improvisado
que era bem IRADO!

Tava zoando legal.
Num voo radical.
Mas saí pela esquerda,
e o certo era direita.

Tentei BRECAR,
pois a parada era FEIA!
Mas saí VOANDO pelo AR
e acertei na veia.

Caí feito um tufão,
armei a maior CONFUSÃO!
Foi PIZZA pra todo lado!
Todo mundo ficou trolado.

Curto muito pepperoni,
anchova e champignon!
Mas NÃO preso naquele lugar
onde o sol não pode brilhar!

Fiquei todo boladão
com o queijo grudentão.
Tentando escapar em vão
da tremenda CONFUSÃO!

Meu corpo arrebentado.
Meu skate detonado.
Meu ego despedaçado.
Eu estava era encrencado.

O que começou MANEIRO
acabou com três malandros
COLADOS no meu BRASEIRO!

Rolou a maior tensão...
"Tá maluco, cabeção?"
"DESCULPA AÍ, meu irmão!
Por toda a confusão!"

E foi assim que acabei
ficando BOLADÃO!
Sentado no CALORÃO
QUEIMANDO meu BUNDÃO!

Não me chame de GORFO.
Não me chame de TORTO.
Tá vendo não, meu irmão?
TENTEI salvar a NAÇÃO!!

Sei que pisei na BOLA.
Caí de cara na ESCOLA.
Mas anota aí, meu irmão.
Max C. não tá MORTO, não!!

Se essa cena estivesse em uma das minhas revistas em quadrinhos preferidas, ela teria sido escrita assim:

Dá última vez em que tivemos notícia do nosso super-herói azarado, ele estava sentado em cima de uma pizza gigante, sabor pepperoni, cercado por três criminosos BÁRBAROS prestes a tramar uma MORTE longa e lenta para ele!

Será que Max vai acabar ralado feito muçarela sobre a massa fina e crocante de uma PIZZA MALDITA?

Será que os famintos ladrões conseguirão DEVORAR a PIZZA com Max sentado em cima dela?

~~Mesmo que esteja tão cheia de germes quanto uma cueca suja e com gosto de bunda suada, suor e medo?!~~

E, o mais importante, será que a gênia da computação, Erin, conseguirá ajudar Max a sair VIVO desta ENRASCADA ~~hackeando o sistema de segurança do colégio~~?!

Ou será que o computador vai TRAVAR, deixando-a presa por toda a eternidade atrás da tela azul SOMBRIA e BRUTAL da MORTE?!...

ERIN, SURTANDO COMPLETAMENTE!

Fique ligado para saber as impressionantes respostas de todas essas perguntas e muito mais!

Eu sei! NÃO precisa me lembrar.

EU PISEI NA BOLA! OUTRA VEZ!

Essa coisa de super-herói é muito mais difícil e perigosa do que eu imaginava.

É por isso que vou logo avisando! Esta história vai acabar com a minha MORTE DOLOROSA ou em outro momento de PURA TENSÃO, igualzinho em uma revista em quadrinhos de verdade! Foi mau aí, galera, mas a vida é assim.

Então, se isso fizer você amarelar, por favor interrompa a leitura. **AGORA!**

Para quem estiver MORRENDO de curiosidade para saber o que vai acontecer, segure aí a emoção e prepare-se para uma aventura eletrizante!

Mas, ANTES de retomar a minha história, preciso contar umas coisinhas importantes que aprendi para que você não cometa as mesmas bobagens que eu.

Ei, se eu puder evitar que o que aconteceu comigo aconteça com você ou outro CARA, então a assadura que arranjei depois de ter ficado sentado naquela pizza pelando já terá valido a pena!

3. CARA, ACHO QUE O MEU ARMÁRIO ARREBENTOU!

Os adultos adoram falar que a gente deve aproveitar a infância porque essa é a MELHOR fase da vida.

Desculpa! Mas, se ESSA é a melhor fase, então meu futuro vai ser um gigantesco monte de ...

PORCARIA!!

Sou o super-herói mais RIDÍCULO de TODOS os tempos! Mas isso tudo é porque eu não penso direito e não PLANEJO as coisas com cuidado.

REGRA #1: UM SUPER-HERÓI DEVE ESTAR SEMPRE PREPARADO.

Para começar, eu não estaria nessa enrascada se não tivesse sido trancado no meu armário.

Apesar dos meus superpoderes, eu deveria ter bolado um plano para escapar de lá. Se eu pudesse voltar no tempo, eu teria...

Arrebentado meu armário com a força e a velocidade de um raio do...

PODEROSO MAX!!

Teria misteriosamente ascendido das profundezas, envolto em ondas de fumaça fantasmagórica, e aberto a porta do armário usando a força telepática do...

MAX, O MESTRE DOS ZUMBIS!

Teria aberto meu armário à força num incontrolável ataque de fúria do...

MAD MAX, O DESTRUIDOR!

Teria pulverizado a porta do meu armário com o som vibrante e ensurdecedor de um solo de guitarra, exibido para um grupo de fãs muito loucas pelo...

MAX MIX, O METALEIRO!

Teria aniquilado completamente meu armário depois de ter me transformado em uma fera colossal metade robô...

Todos esses super-heróis e seus superpoderes são muito IRADOS, não são?!

E SIM! EU MESMO inventei e desenhei todos eles.

Agora, da próxima vez que você acabar preso dentro do seu armário, por favor, não cometa o mesmo erro que eu.

E, para aqueles que ainda não desenvolveram superpoderes INCRÍVEIS capazes de DESTRUIR totalmente um armário, não se preocupem.

Tenho um conselho MUITO ÚTIL para vocês também.

Mantenham o celular à mão.

O.

TEMPO.

TODO!!

Então apenas ligue ou envie uma mensagem para um amigo vir te SALVAR da enrascada!

Funciona que é uma beleza.

NA REAL!!

4. GOSTARIA DE UMA PORÇÃO DE FRITAS PARA ACOMPANHAR?

Sei que vai parecer seu coordenador pedagógico falando, mas a escolha cuidadosa da carreira é muito importante, especialmente para um super-herói.

REGRA#2: UM SUPER-HERÓI SEMPRE DEVE TER OUTRO EMPREGO.

Por quê? Para que você possa se esconder e fingir ser uma pessoa comum ~~(nos dias em que os VILÕES não estão tentando FAZER PICADINHO de você)~~ e, ao mesmo tempo, ganhar uma grana extra para pagar a conta do celular e outras coisinhas. Não dá para acreditar? Eis alguns exemplos:

O Homem-Aranha trabalha como fotógrafo para um jornal. O Super-Homem é repórter investigativo. O Thor é médico, o Hulk, cientista, o Homem de Ferro, inventor, e a Mulher Maravilha, enfermeira.

Ter um emprego TAMBÉM é necessário porque a difícil transição de pessoa comum para super-herói pode levar mais tempo para algumas pessoas, ~~e você pode acabar morrendo de fome durante o processo~~...

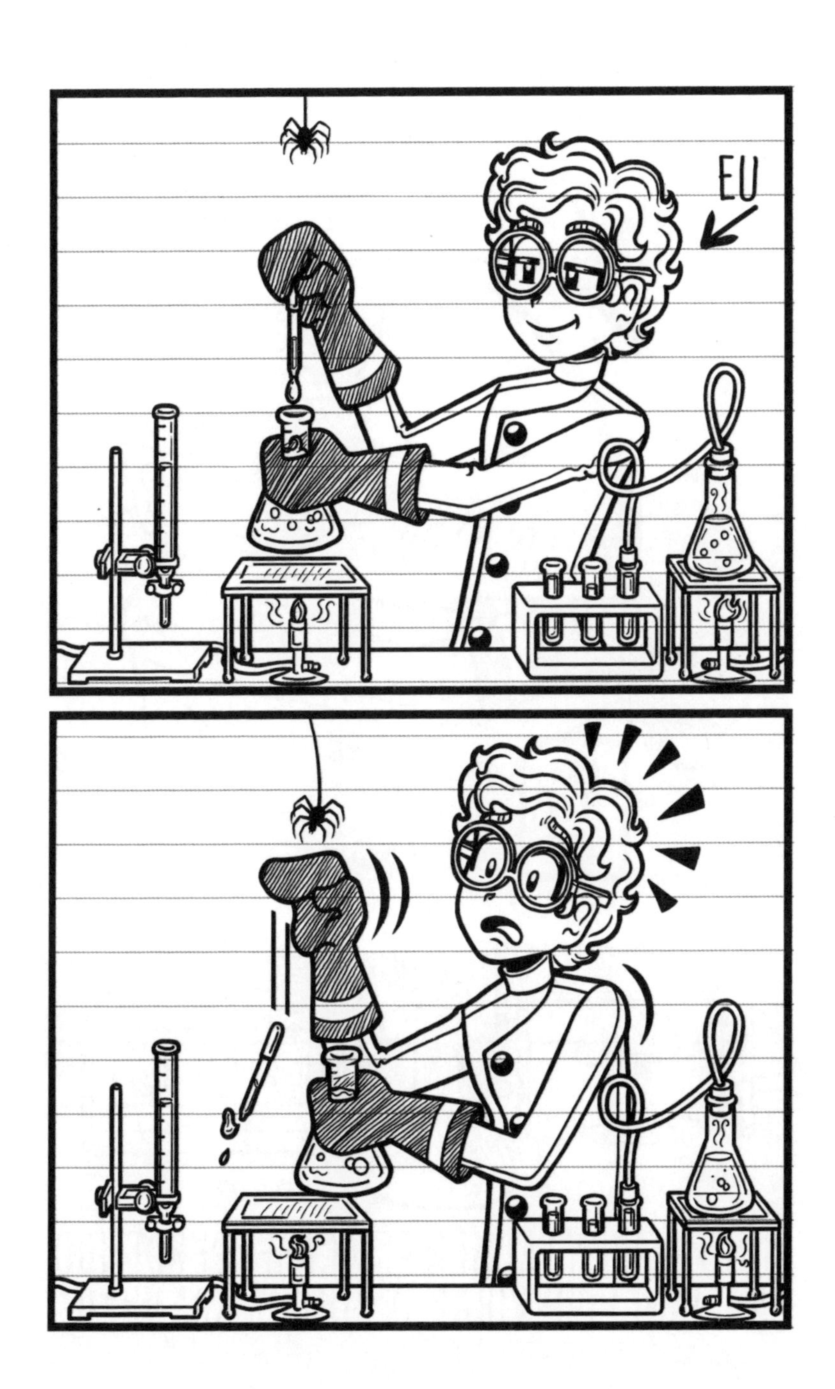
EU

COMO ACIDENTALMENTE ACABEI PERDENDO A CHANCE DE VIRAR O HOMEM-ARANHA!!

E, para quando você FINALMENTE arrumar outro emprego, seguem duas dicas muito importantes sobre o AMBIENTE DE TRABALHO vitais para o seu sucesso:

1. HIGIENE NO AMBIENTE DE TRABALHO: Depois de uma longa noite combatendo o mal em todos os tipos de lugares fedorentos, tais como: tubulações de esgoto, peixarias, lixões e chiqueiros, você provavelmente estará muito suado para ir ao trabalho. Nunca se esqueça de que o superodor corporal é tão forte que é capaz de DERRETER as CATOTAS de qualquer homem, mulher ou criança em um raio de cem metros. Portanto, POR GENTILEZA, tome banho regularmente!

2. ETIQUETA NO HORÁRIO DE ALMOÇO: Mesmo que você tenha uma superforça e seja capaz de abrir uma lata de feijão com os dentes, devorá-la inteira e depois soltar GASES suficientes para mandar um foguete ir e voltar de Júpiter, POR FAVOR, tenha consideração por quem está ao seu lado durante o almoço!

De qualquer modo, planejo ganhar milhões de dólares como cantor de rap, piloto de corrida ou jogador profissional de videogame. Mas, se nenhuma dessas carreiras der certo, vou arrumar um emprego por aqui mesmo...

...FRITANDO HAMBÚRGUER!

Tô falando SÉRIO! Meus superpoderes iriam arrebentar em um trampo assim...

O PODEROSO MAX, O SUPERCHAPEIRO!!

Apesar de ter que admitir que seria meio ESTRANHO ser um super-herói e...

EU, ME SEGURANDO MUITO PARA **NÃO** DAR UM SOCO NA CARA DOS CLIENTES IRRITANTES!

Mas a parte mais assustadora de trabalhar em uma lanchonete, quando se é um super-herói, é que você pode perder a paciência e acabar MATANDO alguém!

Se/ou quando isso acontecer, seu CHEFE provavelmente vai optar por tomar uma ou mais das seguintes atitudes:

1. Tirar você da janelinha do drive-thru ~~(o que será PÉSSIMO, pois significa que você não vai mais poder praticar seus raps ou imitar o Justin Bieber com aquele microfone que parece de verdade)~~.

2. Rebaixar você ~~do posto de RESPONSÁVEL PELA FRITADEIRA para LIMPADOR OFICIAL DO BANHEIRO~~.

3. Colocar você para atender a fila de idosos ~~que pedem coisas como pasta de dente, fraldas geriátricas e remédio para pressão, porque, por algum motivo, eles acham que estão na FARMÁCIA da esquina, não numa lanchonete~~.

4. Colocar você para limpar tudo depois de uma daquelas festas infantis~~, que sempre têm litros de VÔMITO~~

~~alaranjado das crianças que beberam o suco de máquina nojento e depois se acabaram nos brinquedos do lugar e saíram vomitando por todo lado~~!

5. Chamar a polícia, prestar queixa por assassinato e pedir a pena de MORTE.

O único lado negativo do meu novo emprego é que, se a notícia se espalh~~ar, o To~~ra algum malfeitor pode aparecer e começar INFERNIZAR a minha vida.

Sabe como é, tipo ARROTAR bem alto no microfone do drive-thru depois que eu disser: "Seja bem-vindo à Burguer Maluco, qual é o seu pedido, por favor?!"

Ou tentar me atormentar, tipo, jogando CATOTA ou MINHOCAS em mim quando eu abrir a janelinha do drive-thru.

E aí as minhocas podem sair rastejando e acabarem em cima das batatas fritas!

E O QUE é que eu vou poder fazer?!! Apenas dar de ombros e perguntar para o cliente...

"O SENHOR GOSTARIA DE UMAS **MINHOQUINHAS** ACOMPANHANDO AS BATATAS?"

Desculpa, mas ISSO seria muito ERRADO!

5. NÃO ME LIGUE! EU LIGAREI PARA VOCÊ!

Tenho que admitir que ficar sentado em cima daquela pizza com três ladrões mal-educados me encarando bem feio NÃO ajudou em nada minha imagem de super-herói!

"Estamos perseguindo este ladrãozinho pelo colégio há HORAS! Então ele simplesmente aparece do nada e cai bem em cima da nossa PIZZA?!", berrou Ralph, um cara baixo e troncudo com uma peruca ~~tão encardida e embaraçada que parecia que um gato a tinha levado para trás do sofá, feito um ninho e dado à luz uma porção de filhotinhos.~~ "Mas o que eu quero saber mesmo é o que significa essa roupa? Ainda falta mais de um mês para o Halloween, né?"

Moose, um grandalhão de cabelo espetado e jaqueta jeans, deu uma olhada desconfiada para a minha capa prateada. "Sei lá, chefe. Ele não parece um garoto normal. Talvez seja um... ALIENÍGENA! Vi um programa na TV sobre um alienígena que fazia um barulho tão agudo que podia explodir a cabeça de um humano. Ele fazia, tipo, IIIIIHHHHH!! E AÍ, *BUUM!* A pessoa caía durinha! Não estou mentindo. Fiquei com tanto MEDO que dormi com a luz acesa a semana inteira!"

"Foi mau, cara! Mas você é mais DOIDO que o Chapeleiro Maluco e anda vendo muita TV!", zombou Tucker, um magrelo alto de bandana. "Talvez ele seja a fada do dente. Ou um aspirante a super-herói, tipo, sei lá... o SUPER-ENTREGADOR DE PIZZA! Aposto que ele veio salvar as PIZZAS inocentes de serem DEVORADAS pelas pessoas do mundo todo!"

Então os três quase morreram de tanto rir. Eu não pude deixar de me sentir uma baita... PIADA, com a ~~roupa de princesa do gelo~~ fantasia de super-herói da Erin que tive de vestir depois do infeliz acidente que detonou as minhas roupas.

Por fim, Ralph se aproximou tanto da minha cara que dava até para ver os pelos dentro do nariz dele. "Você era o sr. Valentão enquanto estava escondido na tubulação. Mas agora parece que está querendo a mamãezinha! O que aconteceu... ENTREGADOR DE PIZZA?!", ele berrou.

Cerrei os punhos e apenas o encarei. A minha vontade era de dar uns berros e então uns belos socos nele. Mas desconfiei de que aqueles ladrões provavelmente NÃO iam ficar com medo de um cara de capa prateada, sentado em cima de uma pizza.

"Precisamos levar os computadores! O que significa que não temos tempo para ficar cuidando de um garoto boboca que se acha um herói de desenho animado. Sendo assim, senhores, como vamos resolver este probleminha?", disse Ralph de um jeito ameaçador.

"Vamos dar um fim nele!", sugeriu Moose, furioso, enquanto tirava um pedaço de pizza da testa.

"Por quê? Para ele não dedurar nada para a polícia?", perguntou Tucker.

"NÃO! Como retaliação por ter ACABADO com uma pizza tão boa! Cara, eu ainda tô morrendo de fome! Vocês sabem como fico irritado quando tô com fome, não sabem?", reclamou Moose. "Fica difícil me concentrar, e só penso em comida. Tipo, hambúrguer, panqueca, milk-shake, macarrão..."

Moose estava TÃO bravo por eu ter estragado a pizza que parecia estar prestes a chorar. Então de repente me lembrei de uma coisa que aconteceu quando eu era criança...

MINHA MÃE
EU

EU, ACABANDO COM A MINHA FESTA DE ANIVERSÁRIO DE CINCO ANOS QUANDO ACERTEI O BOLO!!

Aquela experiência foi muito traumática!

"Vê se cresce, Moose!", berrou Tucker. "E pare de falar de comida! Isso tá ME deixando faminto!"

"Você quer que eu PARE?! Então venha me fazer parar!", Moose berrou de volta. "Estou com MUITO mais fome do que você jamais esteve!"

"Não, não tá!"

"Estou sim!"

"NÃO tá!"

"CALEM A BOCA!", gritou Ralph. "Os dois estão com FOME?! Então vou arrumar um lanchinho. O que acham de eu arrancar o baço de vocês e enfiar de volta goela abaixo?! Assim não vão mais se sentir famintos, IDIOTAS! Entenderam?!"

"Sim, chefe", Moose e Tucker resmungaram enquanto trocavam olhares enojados. QUE MARAVILHA! A imagem da cena SANGRENTA vai ficar GRAVADA para sempre na minha CABEÇA...

RALPH OFERECENDO O BAÇO DE TUCKER
E MOOSE COMO APERITIVO!

Pouco antes de sair voando pelo tubo de ventilação, eu enviei para Erin a senha do sistema de segurança do colégio. Isso lhe deu o acesso remoto e o controle do sistema de alto-falantes, das câmeras de segurança, das luzes, e assim por diante, o que significa que ela podia ver e ouvir tudo.

Depois de receber uma mensagem da Erin, avisando que ela me ligaria em dois minutos, tirei o celular do silencioso, para não correr o risco de perder a ligação. Mas isso já fazia um tempão.

Eu não tinha certeza se a Erin estava acompanhando todo o DRAMA que estava rolando no laboratório de computação. Mas a ÚLTIMA coisa de que eu precisava era que ela me ligasse enquanto aqueles bandidos me encaravam como se minha cara estivesse cheia de espinhas!

"Eu fico de olho no moleque enquanto vocês dois vão atrás de uma corda pra amarrarmos ele!", disse Ralph, sem tirar os olhos de mim. "Depois a gente se livra do pirralho!"

Comecei a suar frio! Será que eles iriam me **MATAR**? COMO? Mas meus pensamentos tenebrosos foram bruscamente interrompidos quando...

A ERIN ME LIGOU!
NO PIOR. MOMENTO. POSSÍVEL!

Tudo bem, eu ACHEI que fosse a Erin que estivesse me ligando.

Estremeci e gelei enquanto o irritante toque de música de boy band bombava no meu bolso de trás...

"EI, GAROTA! O QUE UNE A GENTE É O NOSSO EGO! TE AMO MAIS QUE A MINHA CAIXA DE LEGO!"

Assustados, Ralph, Tucker e Moose entraram em pânico imediatamente e olharam desconfiados ao redor.

Parecia até que eles tinham acabado de ouvir a sirene da polícia, e não a música mais irritante do MUNDO!

"É aquela música outra vez!", gaguejou Tucker. "Aquela mesma que ouvi no vestiário!"

"Mas de ONDE está vindo?!", exclamou Ralph girando completamente, para tentar descobrir de onde estava vindo a música.

"Pode ser um FANTASMA! Falei para vocês que este lugar é assombrado!", Moose gaguejou de medo.

Eu estava morrendo de vontade de desligar o telefone.

Mas eu não podia correr o risco de os ladrões descobrirem que eu tinha um celular no bolso de trás, o que significava que a polícia e uma condenação a vinte anos de cadeia estavam à distância de uma única ligação.

Esqueça a corda! Eles provavelmente iam **ME MATAR** na hora em que vissem o telefone. Só de pensar nisso fiquei tão nervoso que mal conseguia respirar.

Nadica de nada.

Parabéns, Gorfo! Agora é o momento perfeito para ter um ATAQUE DE PÂNICO e parar de respirar!

E, para piorar, a bombinha estava no meu bolso, bem pertinho do celular tocando.

QUE MARAVILHA!!

"Pera aí!", disse Ralph, colocando a mão em formato de concha sobre a orelha e estreitando os olhos. "Tenho a impressão de que a música está vindo do... do..."

Os três vieram pra cima de mim gritando...

"DO MOLEQUE!"

Engasguei e engoli em seco feito um peixe fora d'água, mas mesmo assim eu AINDA não conseguia respirar.

Fiquei MUITO zonzo.

Tentei pegar a minha bombinha, mas a sala começou girar.

Então, de repente, tudo ficou totalmente...

ESCURO!

6. UMA HISTÓRIA MUITO SOMBRIA E SINISTRA

Não, É SÉRIO! Eu não estou mentindo! A sala ficou MESMO no maior BREU...

Primeiro eu achei que tivesse MORRIDO!

E, como meu telefone finalmente tinha parado de tocar, tudo estava no maior silêncio. Tipo, silêncio MORTAL!

O mais estranho é que eu não sentia dor nenhuma. Nem do meu ataque de pânico, nem por ter sido estrangulado pelos ladrões depois que eles descobriram meu telefone.

Graças a Deus finalmente percebi que não estava respirando! Porque ISSO definitivamente teria me MATADO. Assumindo, é claro, que eu AINDA não estivesse morto.

Enfiei a mão no bolso e peguei a minha bombinha de inalação. Então inalei profundamente duas vezes.

Desculpa aí, mas Max Crumbly NÃO podia acabar assim!

Desci da ~~pizza~~ mesa e saí tateando no escuro até encontrar a parede mais próxima.

Só me lembro de ter tirado a lanterna de dentro da minha bota e iluminado aquela saída de ventilação enquanto uma onda de adrenalina bombardeava as minhas veias...

Não faço ideia de como consegui entrar pela saída de ventilação. Mas eu consegui. Sério mesmo!

E foi bem na hora. Assim que os ladrões superaram o susto do escuro, eles SURTARAM totalmente!

"Ei, quem acabou com a luz?", berrou Tucker.

"UM F-FAN-T-TASMA!", gaguejou Moose outra vez.

"PEGUEM O MOLEQUE, SEUS TONTOS!!", gritou Ralph. "Não o deixem escapar!"

"Acho que peguei!", berrou Tucker. "AI!"

"PEGUEI!", anunciou Moose. "AI!"

"Parado, seu RATINHO!", esbravejou Ralph. "OPA!"

Quando as luzes finalmente acenderam, eu não pude acreditar no que meus olhos estavam vendo! Acho que Ralph, Tucker e Moose TAMBÉM não conseguiam acreditar...

OS LADRÕES ATRAPALHADOS ACHANDO QUE TINHAM ME PEGADO! SÓ QUE NÃO!!

Eles pareciam estar participando de uma daquelas LUTAS LIVRES de mentira que passam na TV!!

Só que esses caras NÃO estavam fingindo! Eles achavam mesmo que estavam ME atacando.

Mas, na verdade, estavam dando uma SURRA UNS NOS OUTROS.

É SÉRIO!! Não estou inventando.

Levou um tempo até que eles conseguissem se livrar daquele grande EMARANHADO.

E, quando eles finalmente me viram rindo por trás da grade da saída de ar, ficaram FURIOSOS!

Os criminosos começaram a berrar e gritar coisas para mim que você teria de lavar a boca com sabão.

Eu apenas sorri para aqueles idiotas, acenei e disse: "E aí, caras!? Espero que tenham gostado da luta. Desculpe, mas não deu para participar!!"...

TUCKER, MOOSE E RALPH AMEAÇANDO ARRANCAR A MINHA CABEÇA!! OUTRA VEZ!!

Depois do lance todo das luzes acendendo e apagando parece que a Erin FINALMENTE estava começando a assumir o controle das coisas.

Foi por pouco. Por um instante, cheguei a pensar que eu estava **FRITO!** A Erin **SALVOU** o dia!

Mas ainda precisávamos conversar por telefone para bolarmos um plano para impedir os ladrões de levarem os computadores do colégio E pegar de volta a revista em quadrinhos do meu pai. Sabe como é, a revista de colecionador que esqueci sem querer no laboratório de computação quando estava jogando depois da aula.

Resolvi enviar uma mensagem de texto para avisar que eu estava indo para a sala das caldeiras (OUTRA VEZ) e que telefonaria em dez minutos.

Mas primeiro eu precisava dar uma geral para tentar localizar aquela revista.

Engatinhei pela tubulação até atingir uma distância segura de todo aquele drama e então relaxei.

7. RALPH SOLTA AS FRUSTRAÇÕES

"ISSO foi a gota d'água!", esbravejou Ralph. "Tô de saco cheio daquele moleque! Vou entrar naquela tubulação para caçá-lo PESSOALMENTE! E não saio de lá sem ele!"

"Olha, chefe! Sei que você está bravo, mas é uma PÉSSIMA ideia entrar naquela tubulação de ar!", argumentou Moose.

"Concordo! Especialmente porque você está, humm... meio FORA DE FORMA!", Tucker explicou de um jeito meio nervoso.

"Quando eu quiser a opinião de dois CABEÇAS DE ALMÔNDEGAS, peço um prato de macarrão! Portanto, guardem seus palpites inúteis para vocês!", revidou Ralph.

"Não sei não, chefe! Estou com uma sensação muito ruim. Bem lá no fundo!", disse Moose.

"Isso deve ser INDIGESTÃO do sanduíche de abobrinha, mostarda e ovo que você comeu no café da manhã! Mexa-se e venha me ajudar a entrar na tubulação! AGORA!", soltou Ralph.

Foi quando Tucker encarou Moose, furioso...

RALPH TENTANDO ENTRAR NA TUBULAÇÃO DE AR!

"Não dá pra entender, Moose. Como você pode me ROUBAR assim?", indagou Tucker.

"Se servir de consolo, seu sanduíche idiota estava com gosto de carne de macaco podre!", revidou Moose. "Vê se esquece isso!"

"Ei! Dá para os dois idiotas pararem de brigar por causa de um sanduíche e se concentrarem no que estão fazendo?!", reclamou Ralph.

Ele balançava de um lado para o outro enquanto Moose e Tucker tentavam erguê-lo até a saída de ar.

"Foi mau, c-chefe! Mas acho que você é um p-pouco grande para caber nesse tunelzinho!", resmungou Tucker.

"Um pouco?! Acho que a minha c-coluna vai a-arrebentar!", murmurou Moose.

Finalmente Ralph conseguiu entrar na tubulação. Mas acabou entalando na altura da cintura. "Vamos lá, rapazes! Empurrem! Estou quase entrando! Continuem EMPURRANDO!", berrou Ralph. "Qual é o problema?!"...

TUCKER E MOOSE TENTANDO EMPURRAR RALPH PARA DENTRO DA TUBULAÇÃO!!

Que bando de PALHAÇOS!! Só faltava o nariz vermelho e a lona de circo!

Tucker e Moose poderiam continuar empurrando até ficarem roxos. Eles poderiam até chamar TODO o time de futebol do oitavo ano para ajudar!

Mas o Ralph NUNCA caberia naquela tubulação de ar.

Eu já tinha visto o suficiente DAQUELE show de horrores! E estava prestes a seguir para a sala das caldeiras para falar com a Erin, quando notei que, sem querer, tinha deixado cair o meu (tudo bem, tecnicamente da Erin) celular.

Ele estava a poucos metros da saída de ar e da cara ~~feia~~ nojenta do Ralph. AH, DROGA!!

Eu me estiquei ao máximo e tentei desesperadamente alcançar o telefone. Eu estava tão perto que até podia sentir o bafo do Ralph.

De repente, o bandido estendeu a sua mão grande e gorda e tentou pegar a minha cara. SURTEI geral!!...

Dei meia-volta bem rápido e tentei seguir pela tubulação de ar. Mas já era tarde demais...

TE PEGUEI!!!

Ralph me segurou pela capa!

Então ele começou me puxar.

"ME SOLTA!"

Gritei enquanto tentava em vão livrar a capa daquelas garras implacáveis.

Dei uma olhada para o telefone e pensei se a Erin não poderia de alguma maneira me ajudar.

Mas, a menos que eu pedisse um tempo ao Ralph para dar uma ligadinha para ela e contar sobre a minha situação muito perigosa, não tinha como a Erin adivinhar o que estava acontecendo dentro da tubulação de ar.

A garota tinha salvado a minha pele no laboratório de computação, apagando estrategicamente as luzes.

Mas agora eu estava por minha conta e risco!

8. POR QUE TIOZINHOS NÃO DEVEM NUNCA USAR CALÇAS BAIXAS!

LEMBRETE: Estou pensando seriamente em soltar a capa.

Eu não era páreo para o Ralph! Não importava o quanto eu lutasse, ele me arrastava de volta para a saída de ar.

"É o fim da linha pra você, pirralho!", berrou ele. "SE RENDA!"

Ironicamente, a ameaça meu deu uma ótima ideia.

Rolei de costas, aproximei os dois joelhos do meu peito, e então chutei com toda a força. Os solados pesados das minhas botas de motoqueiro do achados e perdidos acertaram direitinho a CARA suada e muito espantada do Ralph!!

BAM!!

"**AAAAAIIIIII!!**", Ralph berrou de dor.

"SOCORRO! AQUELE PIRRALHO ACABOU DE ME DAR UM CHUTE VIOLENTO NA CARA!"

"Chefe! Você está bem?!!", perguntou Tucker.

"O que está acontecendo aí em cima?!", quis saber Moose.

"ME TIREM DAQUI!! AGORA!! TÔ FALANDO SÉRIO!"

"É só pular. Estamos bem aqui para te segurar!", sugeriu Moose. "Pula, chefe! PULA!"

"EU NÃO CONSIGO! SIMPLESMENTE não... consigo!!"

Tucker e Moose se entreolharam e reviraram os olhos. Ralph estava parecendo um bebezão medroso.

"Você não consegue pular?!", perguntou Tucker. "Mas POR QUÊ?!"

Foi quando Ralph berrou tão alto que a voz dele ecoou por toda a tubulação de ar...

ESTOU ENTALADO!!

?!

?!

Tucker e Moose apenas ficaram olhando, surpresos. Ralph soltou um monte de palavras nada legais enquanto batia as pernas como se estivesse nadando em uma prova de cinquenta metros.

"ME. TIREM. DAQUI!!"

"Mas, chefe, o que você quer que a gente faça?", perguntou Tucker.

"FAÇAM ALGUMA COISA! QUALQUER COISA!!"

"Ei, vi uma situação igual a esta na TV, na semana passada!", exclamou Moose, empolgado. "Um homem ficou com a cabeça presa no cano de esgoto, e, toda vez que alguém dava descarga, ele quase morria afogado! Vamos ligar para a polícia e pedir para trazerem um alicate hidráulico! Eles vão tirar o Ralph daí rapidinho!"

"SEUS IDIOTAS! NÃO PASSOU PELA CABEÇA DE VOCÊS QUE ESTAMOS ROUBANDO UM COLÉGIO?! SE LIGAREM PARA A POLÍCIA, VAMOS DIRETO PARA A CADEIA?! TRATEM DE ME PUXAR! AGORA! OUVIRAM?! PUXEM!"...

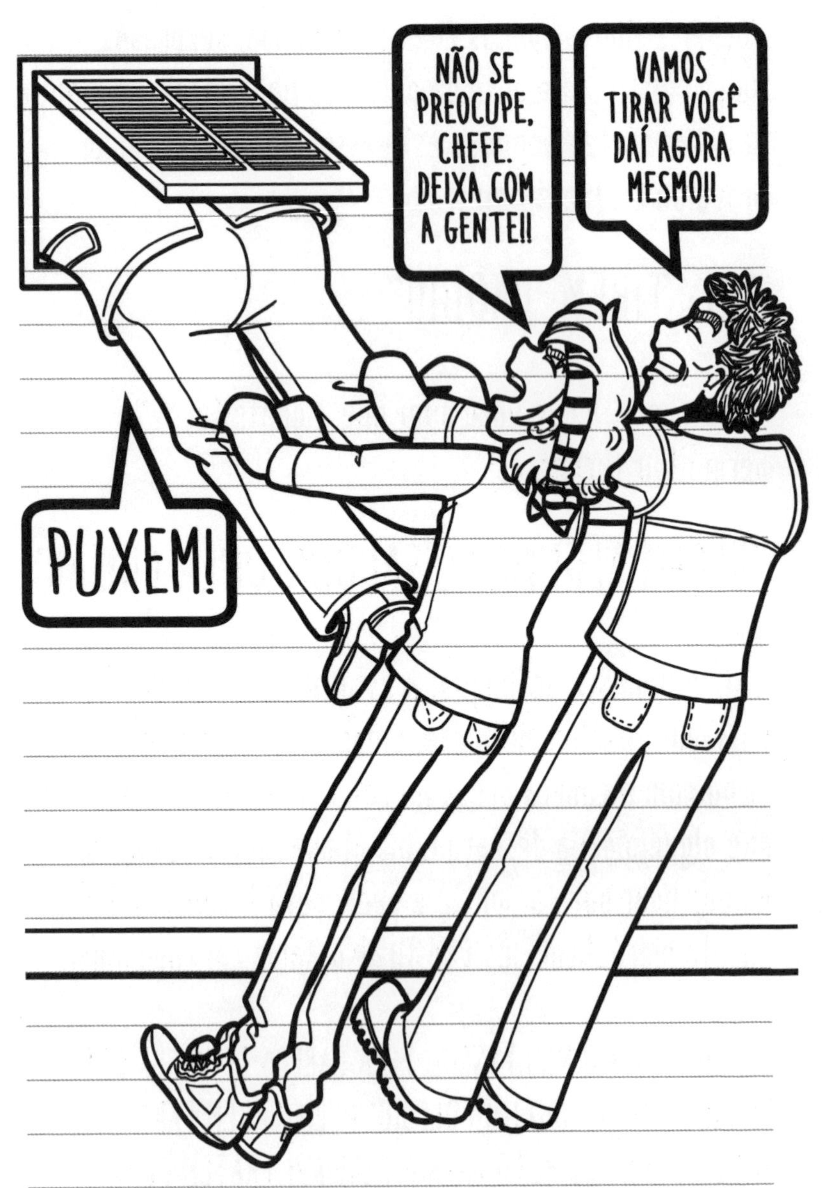

TUCKER E MOOSE TENTANDO PUXAR RALPH DA SAÍDA DE AR!

TUCKER E MOOSE PUXARAM COM FORÇA DEMAIS!

TUCKER E MOOSE, CHOCADOS QUANDO RALPH PERDEU AS CALÇAS!!

"TUCKER! MOOSE! QUE DIABOS ESTÁ ACONTECENDO AÍ?! ESTOU SENTINDO UM VENTO FRIO NO MEU... TRASEIRO!"

"Não é nada! Acabamos de abrir uma janela para entrar um pouco de ar fresco, só isso!", Tucker mentiu.

"Escuta, Tucker!", exclamou Moose. "Não vai ter jeito! Talvez fosse melhor a gente pegar os computadores e dar o fora daqui. O Ralph pode encontrar com a gente depois, e aí a gente dá a parte dele!"

"Não sei, não, Moose! Quando o Ralph conseguir sair daí e descobrir que demos no pé, ele vai ficar MUITO bravo! Ele vai acabar demitindo a gente ou coisa pior!", argumentou Tucker.

Por fim, os dois conseguiram elaborar um plano. Tucker subiu nos ombros de Moose. Depois eles forçaram a saída de ar até a moldura soltar da parede.

Ralph chutou e berrou feito um doido até que eles FINALMENTE conseguiram soltá-lo...

QUAL É A GRAÇA?!
VOCÊ, CHEFE! OLHA!

O QUE DIABOS ACONTECEU COM A MINHA CALÇA?!!

"Foi um acidente!", murmurou Tucker. "Foi mau!"

"Não se preocupe, chefe. Não vamos contar pra ninguém sobre as carinhas sorridentes", disse Moose, solidário. "Seu segredo está seguro com a gente."

Foi quando Ralph começou a berrar, bater os pés e agitar os braços como se estivesse tendo um chilique.

"Esqueçam o moleque! Estou de saco cheio de perder tempo com aquele PIRRALHO! E mais ainda de perder tempo com vocês, seus PALHAÇOS! Peguem esses computadores já!! Precisamos acabar logo isso e DAR O FORA daqui! Quem não estiver na caminhonete em dez minutos vai ficar! Por mim vocês podem pegar uma carona com a polícia. ENTENDERAM?!"

"Sim, chefe!", Moose e Tucker concordaram.

QUE MARAVILHA! Isso significava que eu só tinha dez minutos para falar com a Erin, bolar um plano para deter os ladrões, encontrar a revista do meu pai, ligar para a polícia e dar no pé!

Eu precisava agir, e **RÁPIDO!** Eu estava tentando pensar onde tinha deixado o carrinho do zelador quando lembrei que ele AINDA estava no laboratório de computação, todo sujo de pizza.

DÁ UM TEMPO!! Eu ia demorar mais do que dez minutos para chegar à sala das caldeiras, engatinhando pela tubulação de ar.

A coisa estava FEIA! Meu corpo estava ficando dolorido de tanto andar encolhido pela tubulação, e a minha cabeça estava latejando.

Eu me sentia totalmente ESGOTADO, e a batalha contra os ladrões estava apenas começando. Peguei a minha bombinha, verifiquei o dosador e arfei.
ZERADO?!

QUE MARAVILHA! Meu remédio tinha acabado! Se os ladrões não me matassem, ISSO certamente mataria!

Talvez estivesse na hora de desistir e ir para casa. Um fracassado chamado Gorfo, como eu, obviamente não era páreo para aqueles bandidos IMPIEDOSOS!

9. DANDO UM TEMPO NA MINHA MAX CAVERNA

Conforme eu seguia para a sala das caldeiras, me sentia na maior bad...

Sim!
Finalmente eu tinha conseguido SAIR do meu armário, engatinhar pela tubulação de ar para a LIBERDADE e ainda SOBREVIVER à batalha contra três bandidos impiedosos.

Mas, infelizmente, nenhum dos meus feitos tinha a menor importância. Assim que eu chegasse em casa, meus pais ficariam tão BRAVOS comigo que iam pedir para a minha avó voltar a me dar aulas em casa.

Eu não tinha opção senão dar as más notícias a Erin. Eu era um baita fracassado e não ia conseguir impedir os ladrões de roubarem os computadores do colégio.

A essa altura os bandidos já deviam ter carregado a caminhonete e provavelmente estavam a caminho da Queijinho Derretido para pegar outra pizza no lugar daquela que detonei. Eu esperava que a Erin não me odiasse por decepcioná-la.

Eu estava começando a achar que tinha pegado o caminho errado (OUTRA VEZ!), quando finalmente vi uma luz estranha vindo de uma saída de ar no fim do túnel.

Eu me arrastei em direção à luz e abri a grade da ventilação.

Então desci com muito cuidado a escada de metal que dava na úmida, mofada e mal iluminada... SALA DAS CALDEIRAS!

O lugar parecia isolado do resto do prédio há décadas.

Descobri sua existência sem querer, quando chutei o fundo do meu armário.

O mais incrível é que a sala das caldeiras me deu acesso secreto diretamente do meu armário para o vasto e labiríntico sistema de ventilação do colégio.

Agora eu podia acessar todas as salas do prédio sem ser visto, incluindo a sala dos professores e a do diretor.

Ei, eu poderia dominar o pedaço!

Ao entrar na sala das caldeiras pela segunda vez, me dei conta de que o lugar tinha muito potencial.

Eu só precisava arrumar um mordomo e um videogame para ter uma imitação barata e meio nojenta da BATCAVERNA. IRADO!!...

COM LICENÇA, SENHOR! AS SUAS MEIAS JÁ ESTÃO LIMPAS E AS ROUPAS DE BAIXO, PASSADAS. O JANTAR ESTÁ SERVIDO!
PIZZA

COM LICENÇA, SENHOR! MAS A SUA FAMÍLIA ACABA DE CHEGAR PARA PASSAR UNS DIAS!
O QUÊ?!

Ei! Eu amo a minha família tanto quanto a mim mesmo!

Mas às vezes eles são supercansativos!

De qualquer modo, eu precisava ligar para a Erin, mas estava meio preocupado.

Ela era uma boa amiga do colégio, e eu não queria estragar tudo.

Corrigindo!...

Ela era a minha ÚNICA amiga do colégio, e eu não queria estragar tudo.

Finalmente tirei o celular do bolso e comecei a teclar loucamente o número da Erin.

10. MELHORES AMIGOS PARA SEMPRE?

"AI, MEU DEUS! Max, onde você ESTÁ?!", a Erin perguntou desesperada. "Te perdi completamente. Eu conseguia ouvir os homens falando, mas VOCÊ não. Eu estava quase ligando para a polícia quando recebi sua mensagem!"

"Foi mau!", murmurei. "Passei a maior parte do tempo escondido na tubulação de ar. E agora estou na sala das caldeiras."

"Tentei te LIGAR, mas você não atendeu. O que aconteceu?!", a Erin perguntou.

"Eu ouvi tocar e queria MUITO ter atendido. Mas fiquei com medo de os ladrões ficarem bravos", expliquei.

"Mas por que eles ficariam bravos por causa do telefone?!"

"Sei lá! Acho que por causa daquele TOQUE irritante?! Sei que 'Lego Love' é a sua música preferida, mas é tão NOJENTA que deveria vir acompanhada de um SACO PARA VOMITAR!"

"Escuta aqui, cara!", ela soltou. "Graças a essa música NOJENTA, consegui descobrir que você estava no laboratório de computação. E tive a impressão de que você estava metido numa BAITA encrenca com aqueles ladrões."

"Sim, mas eu só me meti em encrenca porque você me ligou. Eu estava prestes a, humm... acabar com eles quando o celular tocou", ~~falei~~ menti.

"Claro, Max! Tanto faz. Sinto muito por ter interrompido justo quando você ia acabar com eles. Mas acendi as luzes para dar tempo para VOCÊ fugir."

"Sério?! Fiquei mesmo pensando que coisa era aquela com as luzes. Bela sacada, Erin. Valeu! Serião!"

"Não há de quê. Não tive a intenção de causar problemas ou agir como uma rainha do drama. Só fiquei preocupada porque gosto muito de você."

"Hum... é sério?!", gaguejei. "Bom... eu também."

"Na verdade, o que eu quis dizer com 'gosto' não foi... você sabe! Nós somos, humm... amigos."

"Sim, entendi... amigos. Eu quis dizer o mesmo." Então houve um longo silêncio, e eu senti as minhas bochechas ardendo. A Erin gostava de mim! IRADO! Mas ela NÃO estava, tipo, gostando de mim. O que era muito maneiro.

Depois disso, as coisas ficaram um pouco ESQUISITAS...

Foi legal saber que a Erin estava preocupada comigo. Mas não confunda as coisas! Não é que, tipo, eu estava a fim dela, ou algo assim. Ei, eu mal conheço a garota! Então resolvi mudar de assunto.

"Você ouviu o Ralph falando sobre pegar os computadores e dar no pé em dez minutos? Isso foi há quinze minutos. E se eles já foram embora do colégio?", perguntei.

"Você tem razão. Vou dar uma olhada. Espera aí..."

Erin digitou alguma coisa no teclado do computador por uns vinte segundos.

"Achei! Eles estão do lado de fora, colocando as coisas na caminhonete, mas agora estão voltando para dentro. Que tal 'Apagão 2.0: Remix'?" ela perguntou.

"Você tá falando daquela outra música nojenta de boy band?"

"Não, sr. espertinho. O que eu quis dizer é que aqueles caras não podem ROUBAR o que não conseguem VER!"

Tenho que admitir, a Erin tinha razão!...

CLIQUE!
EI! QUEM APAGOU A LUZ?!

"Acho que você conseguiu enrolá-los por mais um tempo. Mas precisamos bolar um plano brilhante para DETÊ-LOS!", soltei um suspiro frustrado.

"Bom, se você TIVER uma ideia melhor, pode dizer, Einstein. Você TEM um plano, né, Max?!"

"Hum... claro que tenho. Quer dizer, por que eu não teria? E é um plano muito bom!", gaguejei.

"Maravilha! Então vamos colocar em AÇÃO!", Erin exclamou.

Tudo bem, não vou mentir. Eu estava muito nervoso por estar envolvido num projeto tão grandioso assim com a Erin. Sabe como é, um projeto que poderia acabar comigo... MORTO!

Eu ainda estava traumatizado por causa daquela vez em que tentei ajudar meu irmãozinho, Oliver, num desafio superperigoso. Então QUE desafio era esse?, você poderia perguntar.

Eu o ajudei a fazer um BONECO DE NEVE. Ei, não tem graça! Parece bem fácil, certo?

ERRADO!! Eu quase MORRI!!

Oliver, corre lá pra dentro e pega uma cenoura para o nariz do nosso boneco!
TÁ BOM!!

PAAAF!
BROOMM!!
BROOMM!!
BROOMM!!
BROOMM!!
?!

AAAAIIIIII!!
Este é o boneco de neve mais IRADO de TODOS!!
SOCORRO!!
?!

Levei uma HORA para conseguir convencer o Oliver de que eu era o irmão dele, e NÃO seu novo amigo irado, Gelinho, o Boneco de Neve!

E, quando consegui, minhas nádegas tinham virado dois grandes blocos de gelo. Eu tinha certeza de que ia MORRER de um caso irreversível de ~~bunda congelada~~ congelamento. Como obviamente eu não podia descongelar o traseiro no micro-ondas, não tive alternativa senão usar o secador de cabelo da minha irmã ~~sem pedir para ela~~!

Eu sei que o Oliver é só uma criança, mas às vezes acho que ele tem o QI de uma ostra.

De qualquer modo, eu realmente esperava que as coisas saíssem melhor com a Erin do que daquela vez com aquele boneco de neve idiota.

"Tudo bem, Erin. O plano é o seguinte: primeiro, vamos precisar ficar de olho naqueles três patetas. O que exatamente você consegue ver e ouvir daí?"

"Vou verificar." Parecia que os dedos dela estavam dançando sapateado sobre o teclado.

"O sistema de alto-falante do colégio tem saída para todas as salas e corredores, por isso posso ouvir tudo", ela explicou. "Mas as câmeras de segurança que estão aparecendo no meu computador são apenas as da entrada e a dos fundos. Por falar nisso, tive uma ideia. Desligue e ligue de volta para que possamos fazer uma chamada de vídeo. Combinado, Max?"

Antes que eu pudesse protestar, ouvi um *CLIQUE!* e a Erin sumiu.

Foi quando comecei a suar frio. A última coisa que eu queria era que a Erin me VISSE!!

Eu tinha ESQUECIDO completamente! Eu estava vestindo a FANTASIA DE PRINCESA DO GELO dela!! QUE MARAVILHA ☹!

Fiquei aliviado quando lembrei que a Erin tinha uma visão limitada pelas duas câmeras. Meu plano era evitá-las ao máximo.

Fiz uma chamada de vídeo, como combinamos. Mas segurei o celular bem perto da cara para que ela não pudesse ver o que eu estava vestindo...

Sim, eu sei! Eu fiquei distorcido de um jeito bem estranho e muito provavelmente a Erin podia contar quantas melecas havia dentro do meu nariz.

Mas isso era BEM melhor do que ela SURTANDO depois de ver que EU tinha ROUBADO a fantasia de princesa dela e estava parecendo sua irmã gêmea FEIA com um BIGODINHO nascendo.

~~Estou falando sério! Hoje é só uma penugem, mas acho que em uns dois meses vou ter que começar a raspar o bigode.~~

De qualquer modo, depois de muita discussão, a Erin e eu conseguimos bolar um plano decente.

A minha função era localizar três pontos estratégicos, montar armadilhas, atrair os ladrões e capturar um de cada vez.

A função da Erin era monitorar o paradeiro dos ladrões (para MINHA segurança), mantê-los ocupados e/ou distraí-los, usando os sistemas automatizados do colégio, impedir que saíssem das dependências do lugar com as coisas roubadas, localizar a revista em quadrinhos do meu pai, ligar para a polícia para denunciar o assalto depois que tudo tivesse terminado e, o mais importante, garantir que eu saísse VIVO deste fiasco.

E, se você quer saber, eu fiquei com a parte mais FÁCIL!

FALA SÉRIO!!

11. HISTÓRIAS DE UM NINJA DO ENSINO FUNDAMENTAL

Fiquei feliz e aliviado quando a Erin concordou em me ajudar a pegar aqueles ladrões.

Mas, tenho que admitir, todas as PREOCUPAÇÕES sem sentido dela estavam começando a me irritar um pouco.

Ela ficou preocupada quando perdeu contato comigo, ela ficou preocupada quando não liguei de volta e ela ficou preocupada quando não atendi a ligação.

Mas olha isso! AGORA ela estava INSISTINDO para que ficássemos o tempo todo no telefone, assim ela poderia ligar para a polícia caso houvesse uma "situação de emergência"! A garota estava VIAJANDO!

"Sinto muito, Erin! Não posso concordar com isso de jeito nenhum! Devo ter uns quarenta e cinco minutos de bateria no celular, e preciso economizar o máximo possível. NÃO vou ficar pendurado no telefone como se você fosse a minha BABÁ!"

"Na verdade, Max, você só tem quarenta minutos para colocar o plano em ação. Porque depois disso vou ligar para a polícia. Você pode usar os cinco minutos RESTANTES da bateria para telefonar para os seus PAIS e explicar por que a polícia quer que eles venham buscá-lo no colégio, no meio da noite. Eu PRECISO estar com você ao telefone durante cada segundo se formos fazer isso!"

"ENTENDI, Erin! Mas qual é?! POR QUE você está dando tanta importância para a coisa toda?!"

"POR QUÊ? Porque É importante! E, se não concordar com as MINHAS condições, vou ligar para a polícia E para os seus pais AGORA MESMO! Nunca vou me perdoar se alguma coisa ruim acontecer com você, Max. E eu me RECUSO a ser expulsa do colégio e estragar a minha chance de ir para uma boa universidade só porque ajudei VOCÊ a quebrar as trinta e nove regras do colégio em uma noite por causa das SUAS diferenças com o Tora! Então a escolha é sua, cara!"

A esse ponto a Erin e eu já estávamos tão irritados um com o outro que teríamos DESFEITO a nossa amizade no Facebook (SE um dia JÁ tivéssemos sido amigos no Facebook)...

ELA É TÃO IMATURA!!
ELE É TÃO IMATURO!!

De todos os telefones que eu poderia ter escolhido no achados e perdidos, fui pegar justamente o da senhorita sabichona. Dá um tempo!

Continuar discutindo com a Erin não ia dar em nada e era uma baita perda de tempo.

Era bem óbvio que eu não tinha escolha.

"Escuta aqui, Erin, eu desisto. Vamos fazer do SEU jeito. Concordo em ficar ao telefone com você até tudo isso acabar, tá bom?", resmunguei.

Respirei fundo e enfiei o telefone ligado no bolso, para que assim ela não pudesse me ver.

Naquele momento eu não sabia quem estava me ENCHENDO mais, se a Erin ou os três ladrões.

De qualquer modo, de acordo com o nosso plano, a primeira coisa que eu precisava fazer era localizar o refeitório.

Resolvi pegar um atalho especial para chegar lá.

Então saí pelo enorme buraco na parede da sala das caldeiras...

... que dava diretamente no meu armário e no corredor principal...

No entanto, antes que eu tivesse saído do armário, a Erin resolveu que era VITAL que eu recebesse a minha primeira atualização.

"Escuta, Max, parece que o Ralph está ao celular levando uma bronca da mulher, a Tina; Tucker está no banheiro dos meninos; e Moose está em um bebedouro, enchendo a pança de água porque ele está morrendo de fome. Portanto, a barra está limpa do seu armário até o refeitório."

Não acredito que estou dizendo isso, mas talvez a Erin esteja certa. Ficar em contato direto com ela poderia mudar tudo.

Em vez de engatinhar pelos túneis de ventilação, agora eu podia transitar pelos corredores sem medo de topar com um daqueles ladrões ~~e acabar sem cabeça~~.

Mas o melhor de tudo foi que nenhum computador tinha sido roubado desde que a Erin tinha apagado as luzes.

Parece que estou participando de uma operação ninja high-tech. Pode me chamar de MAX NINJA, O GUERREIRO DAS SOMBRAS! Quando eu era pequeno, era fissurado pelo desenho das *Tartarugas ninjas*. Enquanto a maioria dos garotos pedia de presente para os pais um cachorro ou um gato, eu só queria uma tartaruga. Tipo...

EU, COMPRANDO UMA TARTARUGA DE ESTIMAÇÃO!

Definitivamente eu não era o tipo de garoto que pode ser chamado de mimado e nem muito exigente. Eu só queria muito uma tartaruga que ficasse com um metro e oitenta de ALTURA...

E que comesse pizza, morasse no esgoto, agisse como um adolescente e lutasse artes marciais. E usasse acessórios maneiros, como cinto, bandana, botas e correntes de ouro.

Qual é?! ISSO é PEDIR muito?!

Como a minha família e amigos sabiam que eu era fissurado por tartaruga, acabei ganhando QUATRO de aniversário, e mais cinquenta dólares! Fiquei EMPOLGADÃO!

Apesar de as minhas tartarugas serem pequenas, resolvi dar um montão de comida para crescerem logo. E aí só faltava arrumar umas roupas descoladas para elas.

Fiquei muito feliz quando a minha irmã mais velha, a Megan, me vendeu as roupas velhas da boneca dela por APENAS cinquenta dólares, que era TUDO o que eu tinha ganhado de aniversário.

Mas o negócio acabou se mostrando uma tremenda FURADA!...

COMO ASSIM, VOCÊ QUER O DINHEIRO DE VOLTA?!
MEGAN, AS MINHAS TARTARUGAS NÃO PODEM COMBATER O CRIME COM ESTAS ROUPAS!

E então, quando finalmente superei a fase das tartarugas ninjas, levei as minhas quatro tartarugas para o lago do parque e as soltei.

Elas pareceram bem felizes por terem sido libertadas e saíram nadando juntas em busca de um novo lar.

Acho que tudo isso provavelmente significou que eu não era mais um garoto ingênuo e que finalmente estava me transformando em um adolescente maduro.

Como as minhas tartarugas eram muito amigas, acho que elas AINDA andam juntas por aí. E devem estar IMENSAS por causa da dieta natural do lago. Tipo, com quase um metro e oitenta de altura! E provavelmente praticam artes marciais, combatem o crime, comem pizza e usam acessórios maneiros. É por isso que até hoje eu me ARREPENDO de ter SOLTADO as minhas tartarugas!

Essa foi a coisa mais **IDIOTA** que já fiz na vida!

Tudo bem! Não vou MENTIR. Esta foi apenas UMA das VÁRIAS coisas idiotas que já fiz na vida! Na real!

12. CUIDADO COM O PÃO VERDE PELUDO!

Conforme eu seguia para o refeitório, meu estômago de repente começou a roncar feito um triturador. Rezei para que a Erin não tivesse escutado, mas ela ouviu.

"Max, QUE barulho estranho foi esse?! Hum... pensando bem, talvez eu não queira saber...!"

"NÃO é o que você está pensando! Não como nada há um tempão, e meu estômago está rocando. Só isso", expliquei.

Eu mal podia acreditar no que a Erin fez em seguida. Ela me deu a senha do armário dela e me disse para pegar uma caixa de cookies.

E era do meu sabor preferido, com gotas de chocolate! Finalmente eu ia jantar alguma coisa! MANEIRO!!

Quando entrei no refeitório, quase não reconheci o lugar.

Ele parecia completamente diferente sem aquela multidão toda, as cozinheiras rabugentas com redinhas no cabelo e os cheiros grotescos. É realmente muito PERIGOSO ingerir a comida dali!...

Adoro o Dia de Integração Escolar! Cookies VERDES, gelatina VERDE...
ÁGUA
ÁGUA

Até o pão de hambúrguer é VERDE e peludinho!
ÁGUA
ÁGUA

Hum, Max! Esse pão peludo está... MOFADO!
ÁGUA
ÁGUA

Eca! Acho que meu cocô vai ser VERDE também!
ÁGUA
ÁGUA

É SÉRIO!! Eu quase vomitei na Erin.

Por sorte consegui chegar ao banheiro antes.

Mas, infelizmente, todos os cubículos estavam ocupados, e tinha uns caras lavando as mãos nas pias.

Então, por sorte, consegui segurar e ir ao banheiro do corredor do oitavo ano.

Mas, infelizmente, estava fora de uso, porque estava sendo pintado.

E foi aí que vomitei tudo na parte da frente da minha camiseta.

E sim! **ERA VERDE!!**

O vômito, não a camiseta.

Essa foi a ÚLTIMA vez que comi a comida do refeitório.

De qualquer modo, quando tentei abrir a porta da cozinha, ela estava destrancada. Então entrei para dar uma conferida...

EU, DANDO UMA CONFERIDA NA COZINHA!

"Erin, estou na cozinha. Tem um monte de coisa aqui. Mas não vejo nada que possamos usar para pegar um criminoso. A menos que a gente queira jogar um micro-ondas neles."

"Vamos lá, Max! Pense fora da caixinha!"

"Bom, se eu conseguisse colocar as mãos em alguns daqueles pães de hambúrguer podres, eu poderia causar uma bela INTOXICAÇÃO ALIMENTAR, acompanhada de vômito e diarreia!", zombei.

"Sim! Poderíamos chamar de OPERAÇÃO PÃO PELUDO!", a Erin riu.

"Esse nome é hilário. Vamos usar!", dei uma risadinha.

"Ei, lembrei de outra coisa supernojenta. Que tal um pouco daquela canja de galinha GOSMENTA?!", a Erin sugeriu.

De repente tive uma ideia brilhante.

"É ISSO!", gritei. "Vai ser PERFEITO!"

"O quê?? Forçá-los a comer a canja de galinha GOSMENTA?!"

"NÃO! Vou PREPARAR uma armadilha que vai detê-los! Você poderia me ajudar com uma receita?", perguntei.

"Claro, Max! Espero que você consiga cozinhar RÁPIDO! De acordo com os meus cálculos, a bateria do seu telefone vai acabar em trinta e nove minutos!"

"Nem me lembre disso! POR FAVOR!", murmurei enquanto pegava uma tigela enorme e seguia para a despensa para dar uma olhada nos ingredientes que eu tinha à disposição.

Eu ia preparar um treco tão NOJENTO que só de pensar o vômito subiu pela minha garganta.

ECA!

Eu só esperava conseguir PREPARAR algo capaz de incapacitar completamente aqueles ladrões impiedosos.

13. O ATAQUE DO COME-COME!

Eu tinha acabado de misturar a minha poção na cozinha quando recebi outra atualização da Erin.

"Max, más notícias! Os caras estão procurando lanternas na sala do sétimo ano. Apesar de ainda não terem encontrado nenhuma, eles acharam algumas velas em um dos laboratórios de ciências. Você acredita que estão planejando roubar o resto dos nossos computadores à luz de velas?! E o pior é que podem conseguir. Acho que é hora de ligar para a polícia!"

"Espere um pouco! Não podemos fazer isso. Ainda não achei a revista do meu pai. Deve ter algo que possamos fazer para impedi-los!", protestei.

"Sinto muito! A menos que você saiba lutar kung fu ou conheça algum truque mental Jedi, o jogo acabou!", a Erin soltou um suspiro.

Resmunguei e fiquei olhando para o teto, frustrado. Foi quando vi algo que possivelmente poderia derrubar aqueles malandros. Bingo!

Contei a minha ideia MALUCA para a Erin, e ela também achou que tinha chance de dar certo. SE ela conseguisse descobrir como acionar um determinado sistema bem em cima deles...

Como a Erin é um GÊNIO da computação, eu SABIA que ela ia conseguir descobrir. E ela CONSEGUIU!...

Foi bem na MOSCA!

Cara, aqueles ladrões ficaram muito aborrecidos. A gente podia ouvi-los gritando e xingando uns aos outros enquanto tentavam se secar no secador de mãos automático do banheiro masculino.

Como tínhamos conseguido impedi-los de roubar os computadores do laboratório de computação, Ralph mandou Moose pegar os da secretaria.

Depois do fiasco da pizza, eu tinha certeza de que o Moose ainda estava MORRENDO DE FOME. Por isso resolvi tirar vantagem da fraqueza dele.

Fiquei do outro lado da parede de vidro da secretaria comendo meus cookies. Então fiz uma dancinha feliz do cookie, como se aquilo fosse a MELHOR coisa do mundo.

Por fim, balancei a caixa para Moose, como se estivesse dizendo: "Você quer cookies? Então venha pegar!"

Eu estava TÃO irritante que fiquei com vontade de BATER em mim mesmo para parar de dar nos MEUS PRÓPRIOS nervos!

O Moose ficou olhando. Então lambeu os lábios e engoliu, como se estivesse salivando. Infelizmente, ele não aguentou as minhas tolices por muito tempo. E logo ficou FURIOSO!!...

EU, PARECENDO ~~O COME-COME~~
UM MALUCO!

"Eles DERRETEM na boca!", falei para Moose através do vidro. Então abri bem a boca e mostrei os farelos de cookie mastigado.

"Sei bem como é!!", a Erin concordou. "Sou capaz de devorar uma caixa dessa inteira."

Por fim, Moose cerrou os dentes, colocou o computador em cima de uma mesa e correu na direção da porta.

Esperei tempo suficiente para ter certeza de que ele ainda estava me vendo, e então disparei para o refeitório, meus passos ecoando pelo corredor.

"Max! O que está acontecendo? Você está bem?", a Erin perguntou, preocupada.

"Estou! Só preciso, humm... ir ao banheiro", menti. "Estou meio apertado. Só um minuto, tá? Já volto."

Então enfiei a mão no bolso, peguei o celular e coloquei no mudo. Uma treta muito séria estava prestes a acontecer. Juro!

14. VACA AMARELA!

As coisas estavam saindo exatamente como eu tinha planejado. O Moose estava vindo atrás de mim, gritando umas coisas não muito gentis.

Eu só precisava me posicionar atrás do balcão, esperar que ele chegasse correndo...

E então... *BAM!!*

Teríamos apanhado um dos ladrões!

Mas, infelizmente, algo deu errado.

Devo ter deixado espirrar um pouco da gororoba que eu fiz, pois pisei num ponto escorregadio e FUI PARAR LONGE!

Deslizei de barriga pela cozinha e quase dei uma cabeçada no fogão.

Quando Moose finalmente conseguiu me alcançar, ele abaixou e me ergueu do chão. Literalmente!!...

"Você não passa de um RATINHO chorão!", Moose gritou enquanto me sacudia. "O que você vai fazer AGORA, VALENTÃO?!"

Enquanto eu lutava desesperadamente pela vida, Moose apertou o botão com o traseiro e botou fogo nele mesmo.

E, como ele é um cara grandão e todo musculoso, fiquei surpreso quando ouvi um gritinho que mais parecia um guinchado de porco.

Na verdade, ele parecia mais um PORQUINHO grunhindo. Sabe como é, um LEITÃOZINHO!

Sério! NÃO estou inventando nada disso!

~~O fato de o Moose ter ficado totalmente distraído com o fogo me encorajou.~~

~~Por isso, olhei bem na cara dele e gritei: "CARA! Você quer arrancar um pedaço de MIM?! Então vem pegar!"~~

Moose me soltou e correu para a pia. Ele puxou o esguicho e molhou todo o traseiro até apagar as chamas.

Eu estava pronto para sair correndo quando, de repente, ele deu meia-volta e me encarou com a maior cara de mau.

O rosto dele estava vermelho e suado, e os punhos cerrados.

A parte de trás da jaqueta e da calça dele estavam pretas, chamuscadas e cheirando feito, humm... cachorro-quente queimado.

Tive um pressentimento muito RUIM sobre o que ia acontecer em seguida. E provavelmente ia ser DOLOROSO!

Foi quando finalmente reconheci que AQUELE era um bom momento para a Erin ligar para a POLÍCIA. Uma vez que eu estava prestes a MORRER!

Então de repente lembrei que tinha colocado o MALDITO celular no MUDO. Foi MAU!

Eu estava quase perdendo as esperanças quando aconteceu uma coisa MUITO SINISTRA. Moose olhou por cima de mim e a sua CARETA foi se transformando lentamente em um sorriso AMEAÇADOR.

Ele tinha visto a caixa de cookies de gotas de chocolate!

"Sorte sua, moleque, que estou MORRENDO DE FOME! Por isso só vou esfolar a sua cara DEPOIS que fizer uma BOQUINHA!"

Ele avançou em cima dos cookies! E, quando ele estava prestes a pegar a caixa...

SIM! MELEQUEI o Moose inteiro!

Era a distração perfeita para pegá-lo de jeito.

Quando o balde caiu bem em cima da sua cabeça, ele começou a berrar feito doido...

"SOCORRO! SOCORRO! TIREM ESTE BALDE DA MINHA CABEÇA! ESTÁ ENTALADO! NÃO CONSIGO VER NADA! TIREM ISTO DE MIM! SOCORRO!!"

Claro que eu ia AJUDAR o Moose. Ia ajudar a ACABAR com a sua carreira de ladrão.

Como?! Com um rolo de filme plástico transparente.

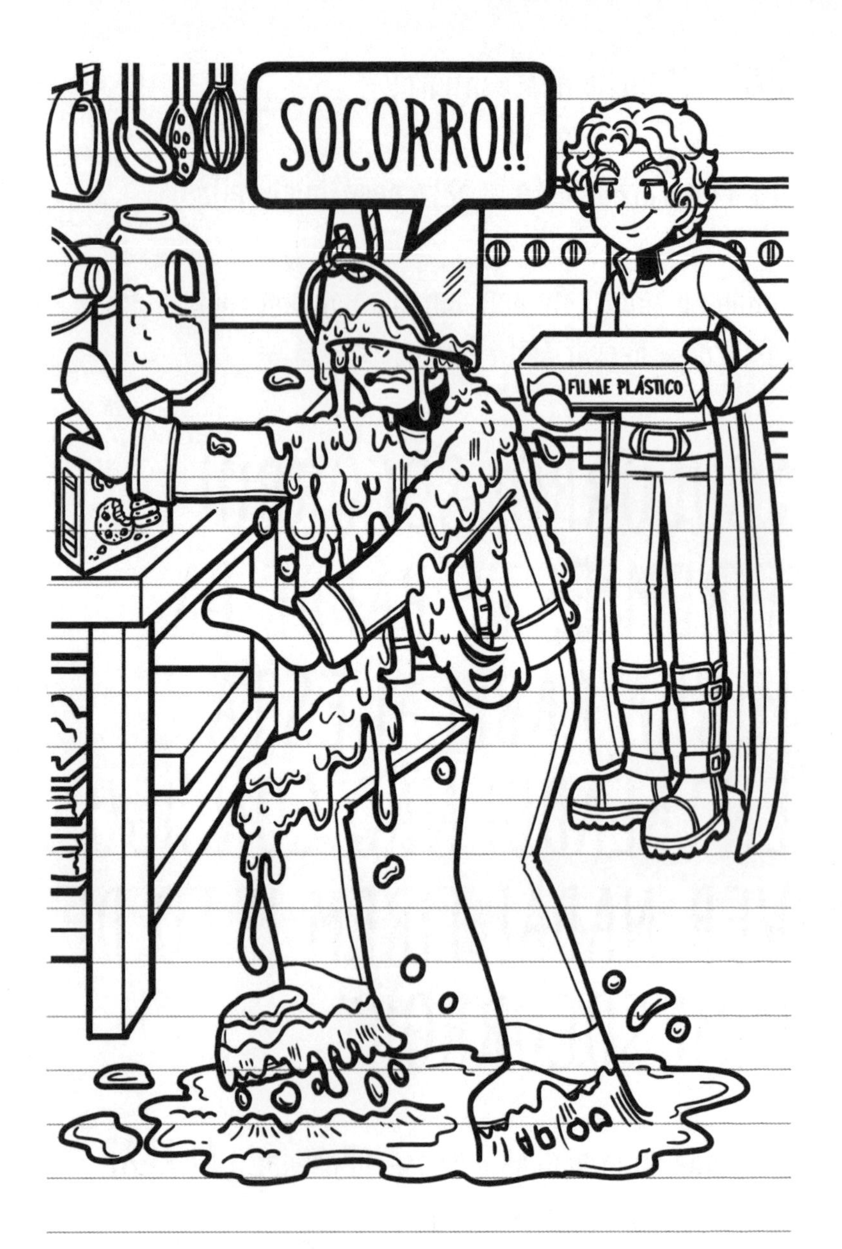

Eu não estava pensando em embalar um sanduíche de pepino para o Moose. Em vez disso, eu ia...

EMBRULHAR O CARA INTEIRO! Acho que você poderia dizer que eu FINALMENTE estava começando a pensar fora da caixinha!

Embalei o corpo todo do Moose com filme plástico transparente.

Depois eu o arrastei até a coluna mais próxima e o prendi nela bem firme com mais filme plástico.

Eu tinha CERTEZA de que ele não iria a lugar nenhum tão cedo.

Eu mal podia esperar para contar a novidade para a Erin. Mesmo porque eu não teria feito NADA disso sem a ajuda dela!

A Erin tinha me dado a ótima ideia de fazer a meleca quando falou da canja gosmenta que era servida no refeitório.

E, quando eu contei para ela os ingredientes que tinha encontrado na despensa, na hora ela inventou uma receita de meleca com amido de milho, sopa instantânea e água.

Misturei tudo, montei a armadilha e depois usei a ~~caixa dela~~ MINHA caixa de cookies como ISCA.

E FUNCIONOU! COMO. MÁGICA!!

Peguei o celular e tirei do mudo para que ela pudesse me ouvir novamente.

"Oi, Erin! Você ainda está aí?! Voltei!"

"Sim, estou. Também fui ao banheiro. Escuta, Max, você precisa parar de perder tempo. De acordo com os meus cálculos, você tem apenas vinte e seis minutos de bateria. E ainda nem começamos a procurar a sua revista em quadrinhos!"

"Obrigado pela atualização, Erin. Mas pelo menos não temos mais que nos preocupar com o Moose. Acho que podemos dizer que ele está todo enrolado."

"O QUÊ?!! Você tá brincando?! Saí um minuto para ir ao banheiro e..."

"Ei! Não foi culpa minha que a SUA receita de meleca pegou ele de jeito. Ou você é uma ÓTIMA cozinheira, ou é bem RUIM!", brinquei.

"Tudo bem, me deixa entender direito, Max! Nosso plano funcionou?! Moose está fora de ação?"

"Sem dúvida! Espere um segundo. Vou MOSTRAR a cara dele."

Ergui o celular.

Foi isso o que a Erin viu...

MOOSE TODO MELECADO

"AI, MEU DEUS! Acho que você pode dizer que realmente DEMOS CONTA DO RECADO!", a Erin brincou.

"Sim, o plano que PREPARAMOS funcionou direitinho!", eu ri.

Brincadeiras à parte, eu estava totalmente aliviado com Moose fora do caminho.

Mas as coisas poderiam ter dado muito errado.

LEMBRETE: NÃO colocar o celular no mudo.

NUNCA! JAMAIS!!

De qualquer modo, agora só restavam vinte e seis minutos, não, vinte e cinco minutos para apanhar Tucker e Ralph.

15. COMO ENROLAR UM FORTÃO

Agarrei a caixa de cookies, passei correndo pelo refeitório e dei uma espiada no corredor. "Erin, que tal dar uma olhada no Ralph e no Tucker? Preciso ir para o ginásio de esportes."

"Claro, Max. Os dois estão na sala de matemática do oitavo ano, perto do laboratório de computação, esperando o Moose voltar com os computadores da secretaria. O Ralph ainda está falando no celular com a mulher, e o Tucker disse que ia fazer um desenho do gato dele, o sr. Crespo, na lousa."

"Obrigado! Estou indo para o ginásio."

"Fique longe da sala onde eles estão e vai ficar tudo bem. Vou acender as luzes do ginásio de esportes para você", disse Erin. "Mas anda logo! Não queremos que eles cansem de esperar e saiam atrás do Moose."

Corri para o ginásio, rezando para que as portas não estivessem trancadas. Uns trinta segundos depois, prendi a respiração, coloquei a mão na maçaneta, virei e...

LOCAL
VISITANTE
PERÍODO
JOGADOR
FALTAS
FALTAS
PONTOS
JOGO
PONTOS

YES! A porta estava DESTRANCADA!

Eu estava andando pelo ginásio, e tive que me segurar para não abaixar para me proteger.

Claro que o lugar estava completamente vazio. Mas mesmo assim fiquei com medo de levar uma BOLADA de brinde do Tora Thurston. Ele faz isso comigo desde que vomitei no pé dele na aula de educação física. Ei, foi SEM QUERER! Qual é, CARA!? Vê se esquece isso!

Ontem mesmo, na aula de educação física, estávamos jogando tênis e o Tora ficou acertando as bolinhas na minha cabeça.

A ÚLTIMA coisa de que eu precisava era arrumar enrosco neste colégio, por isso cerrei os dentes e ignorei. Mas não me leve a MAL!

Se eu NÃO ODIASSE totalmente ter aulas em casa com a minha avó, eu teria pegado o LANÇADOR DE BOLINHAS do depósito e corrido atrás do Tora pelo ginásio inteiro até ele vomitar todo o cereal que tinha comido no café da manhã!...

SOCOOORRO!!
TORA

Nunca vou me esquecer da vez em que o Tora me humilhou na frente de TODA A TURMA DE EDUCAÇÃO FÍSICA numa luta livre. Ele me derrotou em menos de dez segundos!

Eu não teria nem dado bola, uma vez que ele é mais velho e duas vezes maior do que eu.

Mas ele SÓ me derrotou tão RÁPIDO porque TRAPACEOU! Bem embaixo do nariz do professor de educação física.

Assim que a luta começou, Tora colocou o SOVACO suado, fedorento e peludo bem na minha cara! E, como tenho asma, eu mal conseguia respirar. Sorte que não desmaiei!

Mas acho que o Tora deve ter prendido a respiração o tempo todo. POR QUÊ? Porque ele FEDE tanto que também teria DESMAIADO só de sentir o próprio cheiro.

Dá próxima vez em que lutarmos, vou levar um daqueles ventiladores a pilha. Então eu FINALMENTE vou derrotar o Tora com SEU PRÓPRIO JOGUINHO sujo! EM TRÊS PASSOS MUITO SIMPLES!...

PASSO 1: O golpe do fedor reversivo
NÃO CONSIGO RESPIRAR!
TORA

PASSO 2: O golpe Enrole-o-Tora
AHHHH!

EU, CAMPEÃO DE LUTA LIVRE!

De qualquer forma, eu estava dando uma olhada ao redor do ginásio, tentando pensar em algo para deter os ladrões.

"Erin, o que você consegue controlar no ginásio do seu computador?", perguntei.

"Vamos ver. Na verdade, um bocado de coisas. O cronômetro, o placar, a sirene, os ventiladores de teto, a tabela e a cesta de basquete. Também estou vendo uns arquivos de áudio e a rádio online. Você gostaria de ouvir o hino do colégio: 'Avante, Jacaré Verde'? Ou que tal 'Lego Love: Remix'?", ela zombou.

"Não! NÃO... mesmo! AS DUAS MÚSICAS são uma PORCARIA, depois vou precisar de um rolo de papel higiênico inteiro para limpar os ouvidos!", brinquei.

Eu estava passando pela corda de escalada quando de repente tive uma ideia IRADA!

Mas fiquei com medo de que fosse muito complicada e difícil de executar.

Resolvi dar uma olhada no depósito de equipamentos, e tirei a sorte grande! Achei algumas coisas úteis, como uma velha rede de trave de futebol, algumas tiras elásticas, cordas e uma barra extensiva com um gancho na ponta.

Erin e eu bolamos um plano brilhante para capturar o Tucker.

Peguei a barra extensiva, e, após algumas tentativas, consegui tirar a corda de escalar e pendurá-la em outro lugar.

Ajeitei a rede e outros itens no chão, perto da corda. Erin abaixou a tabela de basquete, e então ficou tudo pronto. SÓ estava faltando o ladrão.

"E aí, como vamos conseguir atrair o Tucker até aqui?", perguntei.

"Simples! Vamos mandar um convite", ela respondeu.

"Essa é a ideia mais IDIOTA de TODAS!", exclamei.

Mas, depois que a Erin explicou todos os detalhes, tive de admitir que a ideia era GENIAL! Peguei uma caneta e arranquei uma folha em branco do meu diário. Então caprichei na letra e escrevi o bilhete ditado pela Erin.

Meu coração batia acelerado enquanto eu seguia para a sala onde os dois malandrões estavam esperando. Por sorte, o Ralph ainda estava distraído com o celular.

Bati à porta com força e colei o bilhete na janelinha de vidro com uma gota de chocolate derretida (desculpa, eu não tinha fita adesiva!)...

Oi, Tucker.

Tá a fim de fazer uma boquinha? Achei uns cookies! Deixei uma caixa para você no ginásio de esportes.

Mas, por favor, não conte para o Ralph, porque ele vai ficar bravo e vai jogar tudo fora. Volto em dez minutos.

MOOSE

16. COMO ACABAR COM UM IMBECIL!

Não fiquei esperando para ver se o Tucker atendeu a porta ou leu o bilhete.

Em vez disso, corri para o ginásio e me escondi no depósito de equipamentos. Então fiquei espiando pela janelinha da porta para ver se o Tucker tinha mordido a isca.

"Você acha que ele vem?", perguntei para a Erin.

Mas, antes que ela pudesse responder, Tucker entrou correndo no ginásio.

"Oi, Moose! Por que você está demorando tanto com os computadores da secretaria? O Ralph está ficando muito FULO! E onde estão os cookies?! Isso é uma pegadinha?! Pois não estou vendo...! O quê...?! Moose? Por que você colocou os cookies lá em cima?!!

É IMPOSSÍVEL descrever em PALAVRAS a LOUCURA que aconteceu dentro daquele ginásio. Por isso nem vou tentar. Um desenho vale mais do que mil palavras, certo?...

COOKIES
COOKIES!
?!

COOKIES

CLICK!
OPA!
Erin! Ligue o ventilador. AGORA!

AAAAAAHH!!

VISITANTE
PERÍODO
JOGADOR
FALTAS
JOGO
PONTOS

CAL
VISITANTE
PERÍODO
JOGADOR
AS
FALTAS
NTOS
JOGO
PONTOS
CERTO, ERIN! O TUCKER É TODO SEU!
COOKIE!

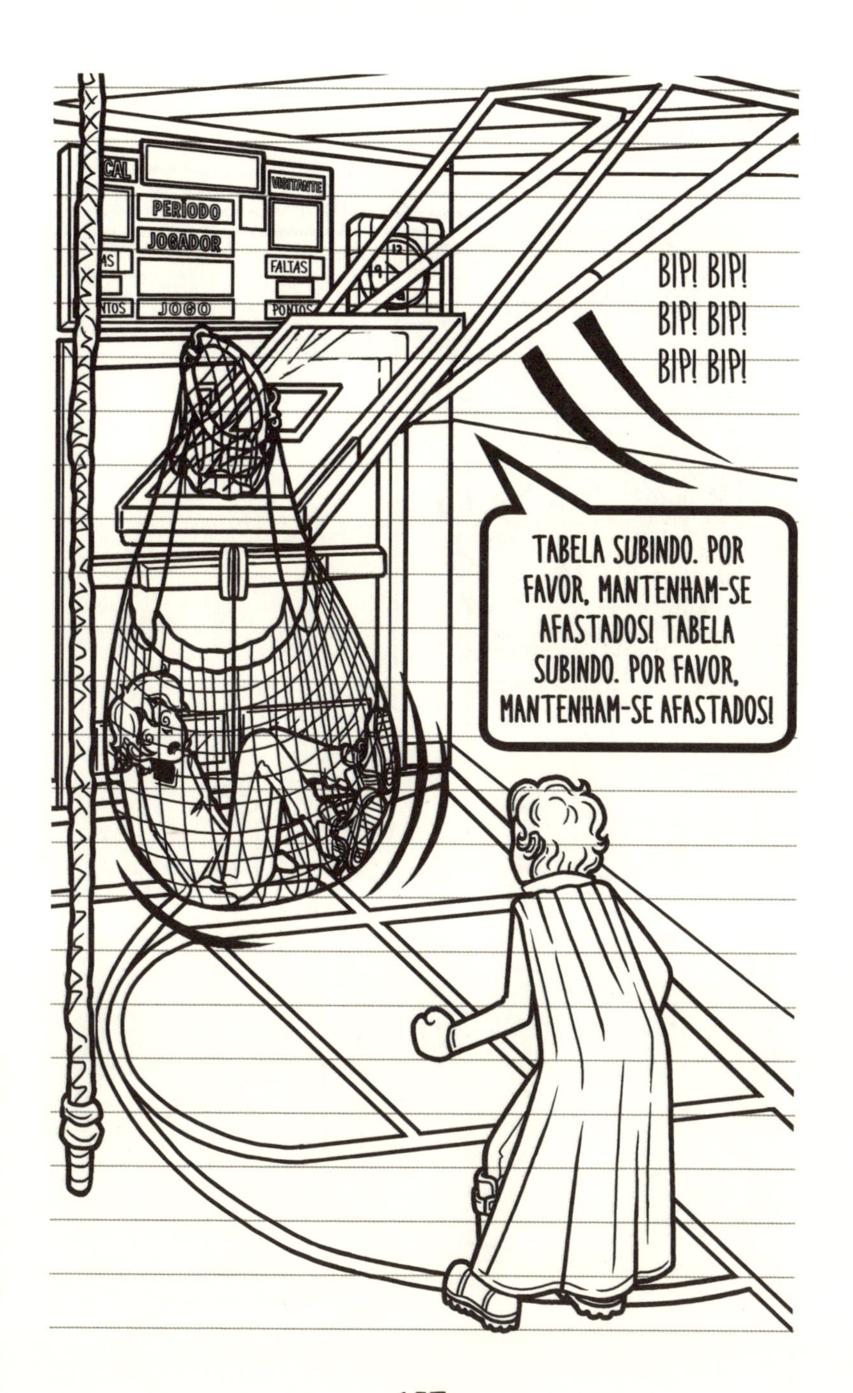
PERÍODO
JOGADOR
VISITANTE
FALTAS
JOGO
PONTOS
BIP! BIP!
BIP! BIP!
BIP! BIP!
TABELA SUBINDO. POR FAVOR, MANTENHAM-SE AFASTADOS! TABELA SUBINDO. POR FAVOR, MANTENHAM-SE AFASTADOS!

VISITANTE
PERIODO
CLIQUE!

Ei, eu **AVISEI!**

Essa coisa toda é de **PIRAR!**

Ergui o celular para que a Erin pudesse ver o que tínhamos apanhado na nossa rede...

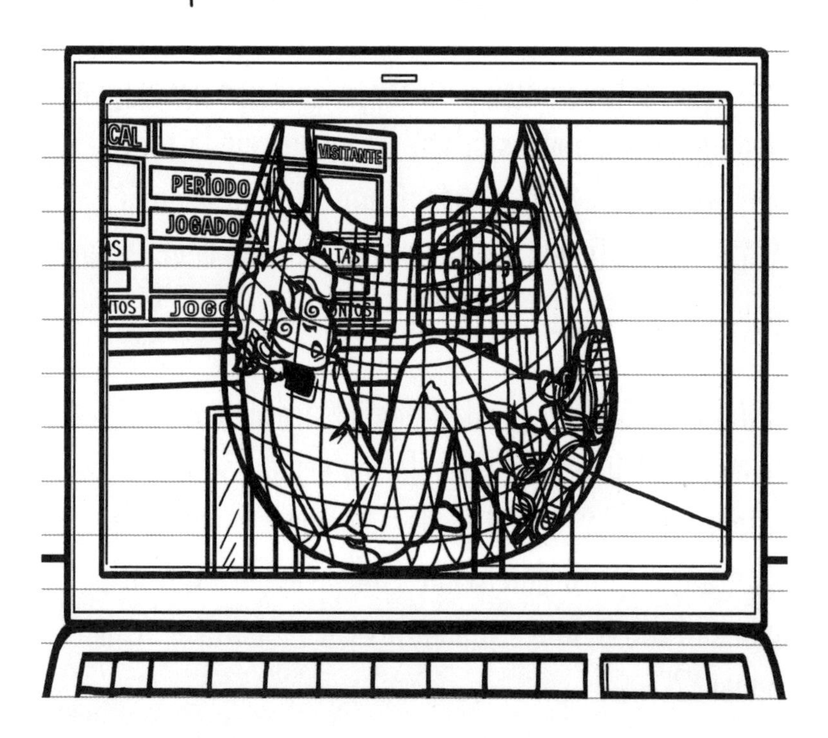

NOSSA FOTO DE FICHA POLICIAL DO TUCKER

"AI, MEU DEUS! Que LOUCURA! Não acredito que o nosso plano funcionou", Erin exclamou, mal conseguindo acreditar.

Depois da voltinha de Tucker no ventilador, ele ainda estava meio desorientado e não parava de falar: "Cookie! Cookie malvado!"

Mas, assim que ele conseguisse se acomodar na rede, eu estava certo de que ele iria ficar bem.

Agora só restava o velho e rabugento Ralph. Eu estava com um péssimo pressentimento de que ele ia ser o mais difícil de ser apanhado. E, uma vez que nem o Moose nem o Tucker estavam com a minha revista em quadrinhos, ele agora era o principal suspeito.

"Max, é melhor você andar logo! De acordo com os meus cálculos, a bateria do seu celular só tem catorze minutos de vida", alertou Erin. "E, para sua segurança, concordamos que eu ligaria para a polícia quando faltassem cinco minutos para a bateria acabar. Lembra?!"

"Sim, Erin, eu lembro! Na verdade, como eu poderia ESQUECER?!", murmurei. "Apenas pare de se preocupar, tá bom?! Deixa comigo!"

Suspirei e enfiei o celular no bolso. Então entrei em pânico.

O caso parecia **PERDIDO!**

Eu AINDA tinha que pegar o Ralph E achar a revista, e eu SÓ tinha NOVE minutos para fazer tudo isso!

NOVE MINUTOS?! Era **IMPOSSÍVEL!**

Eu estava tão cheio e cansado de lutar: lutar contra o Tora, lutar para sair do meu armário, lutar contra os ladrões, lutar contra os meus medos, lutar para que outros garotos como eu tivessem uma chance.

Eu não tinha opção senão fazer uma pergunta muito difícil para mim mesmo... Será que havia chegado o momento de aceitar a derrota e dizer ADEUS ao Colégio South Ridge?!

DE. JEITO. NENHUM!

Sinto muito, mas Max Crumbly NÃO ia acabar assim!

17. COMO FICAR DE CASTIGO ATÉ OS 21 ANOS!

Só a ideia de lidar com o Ralph outra vez já me deixou APAVORADO! Eu nem sabia por onde começar.

"E aí, Erin, você tem alguma ideia para o Ralph?", perguntei, tentando não entrar em pânico.

"Aquele cara vai dar trabalho! Por isso sugiro usarmos o laboratório de biologia do oitavo ano. Ele fica bem perto da escada da saída dos fundos, e tem um monte de coisas legais lá que podemos usar. Incluindo um foguete movido a biocombustível que eu mesma construí. Contei que tirei 10 nesse trabalho?", ela se gabou.

"Não! Você não contou", respondi.

"Advinha, Max? Tirei 10 no meu foguete!"

"Muito engraçadinha, Erin. Estou impressionado!"

Foi quando ouvi uma agitação. Primeiro achei que estava vindo do corredor.

Mas então peguei meu telefone e vi isso...

"ERIN MADISON! Você ainda está acordada a essa hora? Tive a impressão de que ouvi vozes aqui! Com QUEM você está falando?!", a mãe dela deu uma bronca.

"Quantas vezes já falamos para não entrar em redes sociais, trocar mensagens, ou falar ao celular DEPOIS das nove? Erin, isto está saindo do controle!", o pai dela passou o maior sermão.

"MÃE?! PAI?! Vocês não BATERAM!! Vocês tinham prometido que NÃO iam invadir meu quarto desse jeito! Tenho direito a PRIVACIDADE!", a Erin reclamou.

"NÃO quando está quebrando as regras, mocinha!!", sua mãe revidou.

"Erin, você está de castigo por uma semana, e vou confiscar seu computador. Passe-o para mim AGORA!", exigiu o pai.

"NÃO! NÃO POSSO! ISTO É SUPERIMPORTANTE! ESTOU FALANDO COM... QUER DIZER, ESTOU FAZENDO UM TRABALHO... MUITO IMPORTANTE... HUMM, UM PROJETO DO COLÉGIO?!", protestou Erin.

"Bom, tenho certeza de que esse seu projetinho pode esperar até amanhã! AGORA. VÁ. DORMIR!", o pai ordenou.

"PAI! NÃO!! POR FAVOR, DEVOLVA O MEU..."

CLIQUE! E então se fez um silêncio mortal.

Fiquei olhando para o meu telefone, completamente chocado.

18. FELIZ ANIVERSÁRIO! SQN!!

De repente me senti muito enjoado.

Como se eu fosse mesmo vomitar.

Uma coisa era eu ME METER numa enrascada.

Mas me senti péssimo em saber que a Erin estava de castigo.

Tudo porque estava tentando ME ajudar!

Foi quando decidi que era o FIM DA LINHA! Estava na hora de desistir e ir para casa!

Resolvi que, no dia seguinte, bem cedo, iria até a casa da Erin para explicar tudo aos pais dela e pedir desculpa.

Eu não estava nem aí para o que ia acontecer comigo.

Meus atos tinham prejudicado uma pessoa de quem eu gostava muito, e isso me fez sentir PÉSSIMO!

Quando eu estava saindo, escutei a voz do Ralph ecoando pelo corredor.

Ele estava falando ao celular. Eu me escondi atrás da porta da sala de aula e fiquei ouvindo...

"Escute, Tina! Sinto MUITO por ter perdido o jantar de aniversário da sua mãe. Prometo que vou recompensar vocês duas por isso. Vou levá-las à Queijinho Derretido ou a outro lugar chique desses, tá bom? Mas agora estou TRABALHANDO! Preciso TRABALHAR para pagar as contas e COMPRAR coisas boas para você, docinho de coco. O quê? Se eu COMPREI um presente de aniversário para a sua mãe? Hum... NÃO me lembro bem se... Hum? NÃO, Tina! Você NÃO precisa colocar a sua mãe na linha para eu pedir DESCULPA por não ter ido ao aniversário dela e não ter comprado um presente. Não posso falar agora. Estou TRABALHANDO! Tina! Tina, não GRITE! POR FAVOR!...

Espiei pela janelinha da porta para ver se conseguia localizar a minha revista em quadrinhos.

Ela tinha de estar em ALGUM LUGAR...

A minha intuição estava certa!

Eu estava mais do que desesperado! Então resolvi me arriscar muito e tentar fazer a COISA mais MALUCA do mundo!!...

SR. CRESPO
ESCUTA, TINA! NÃO POSSO CANTAR "PARABÉNS" PARA A SUA MÃE AGORA! ESTOU TRABALHANDO!
GIBI

GIBI

MOOSE!! TUCKER!!
VENHAM AQUI! JÁ!!
SR. CRESP
GIBI

SR. CRESPO
ACHO BOM VOCÊS NÃO ESTAREM TIRANDO UMA COMIGO OUTRA VEZ NEM NADA DISSO, SEUS IDIOTAS!

AGORA SÓ PRECISO DAR O FORA DAQUI!
COMICS

19. A FUGA ESPETACULAR!

Sim, eu sei! Eu SEI! O que eu fiz foi muito PERIGOSO!

AVISO: CRIANÇAS, NÃO TENTEM FAZER ISSO EM CASA!!

Reconheço que tive MUITA sorte de sair vivo daquela sala. Mas eu PRECISAVA pegar a revista em quadrinhos do meu pai ~~ou ele ia me matar!~~

Graças a Deus, o Ralph estava distraído falando ao telefone com a sua querida esposa, Tina.

~~Cá entre nós, fiquei muito chocado com o comportamento vergonhoso do Ralph. Sei que ele é um malandro, salafrário!~~

~~Mas que tipo de pessoa PERDE o jantar de aniversário da sogra, ESQUECE de comprar presente e se recusa a cantar "Parabéns" para ela?!~~

~~Não tenho a menor dúvida. O Ralph é um monstro insensível!!!~~

Fiquei paralisado na porta, tentando pensar o que eu faria a seguir.

Se o Ralph fosse à cozinha para fazer uma boquinha e encontrasse o Moose... eu estava **MORTO!**

Se o Ralph fosse para o ginásio para malhar um pouco e encontrasse o Tucker... eu estava **MORTO!**

Se o Ralph voltasse para a sala para pegar a revista e ME encontrasse com ela... eu estava **MORTO!**

Era bem claro para mim que meu trabalho ali estava ENCERRADO! Finalmente! Já era hora de cair fora do Colégio South Ridge. E, assim que eu estivesse em segurança do lado de fora do prédio, ligaria para a polícia.

Em seguida, eu iria enviar uma mensagem para a Erin para ter certeza de que ela estava bem. Eu me senti muito mal por ela ter se encrencado com os pais enquanto tentava ME ajudar.

De qualquer modo, o Ralph tinha desaparecido completamente! Assim que eu alcançasse a porta de SAÍDA, no fim do corredor, esse PESADELO teria TERMINADO...

SAÍDA
GIBI

FINALMENTE ESTOU INDO PARA CASA!

NÃÃÃO!!
GIBI

Quando Ralph apareceu assim do nada, acho que ~~fiz XIXI e COCÔ na calça~~ quase tive um ataque do coração!

Levei um susto tão grande que deixei cair a revista. Sim, eu deixei cair DEPOIS de ter arriscado a vida para roubá-la do Ralph.

Parecia que eu estava em um pesadelo MUITO ruim!

Sabe como é, quando você está sendo perseguido por uma CRIATURA assustadora com dentes afiados E entra na sala de aula e descobre que vai ter prova, mas se esqueceu de estudar. E todo mundo está rindo porque você está só de cueca.

Isso mesmo, ESSE tipo HORRÍVEL de pesadelo!

Ralph urrou e veio para cima de mim com os dois braços erguidos feito um urso feroz. Mas eu me abaixei.

Então ele agarrou meu braço esquerdo. Mas bati a porta nele com toda a força.

Ele se assustou e perdeu o equilíbrio por tempo suficiente para eu conseguir livrar meu braço.

Saí em disparada pelo corredor. E, quando olhei por cima do ombro, ele estava pegando a revista.

Ele fez uma careta, guardou a revista dentro do paletó e veio correndo atrás de mim.

Parecia que meus pulmões iam explodir e eu mal conseguia respirar. Mas não sei se porque eu estava CORRENDO, ou porque estava tendo um TRECO pelo fato de o meu remédio para asma ter acabado.

Uma coisa era certa. Para onde quer que eu fosse, Ralph viria ATRÁS de mim babando feito um cão raivoso.

CORRIGINDO!...

Ralph poderia vir atrás de mim em QUALQUER LUGAR do colégio MENOS UM...

No sistema de ventilação!

20. O ATAQUE DA PRIVADA ASSASSINA! PARTE 2

No corredor seguinte, virei à direita.

O banheiro dos meninos, no extremo sul, era a entrada mais próxima para o sistema de ventilação. O lugar AINDA estava muito fedorento por causa do pequeno acidente que tinha acontecido comigo mais cedo.

Qual é, pessoal! Não é ESSE tipo de acidente!! Seu comentário maldoso NÃO foi nada engraçado.

Aprendi do jeito mais difícil a nunca ignorar um aviso em um banheiro que diz "MUITO quebrado!". E, apesar de tudo que eu havia aprendido desde que saí das fraldas, chega um momento na vida em que é melhor NÃO dar DESCARGA.

Subi com todo o cuidado no vaso como se estivesse pisando em um campo minado, e, sabe-se lá como, consegui entrar em segurança na tubulação de ar.

Fiquei muito TRISTE pelo que aconteceu com o Ralph...

Muito
QUEBRADO!
☹!!

Muito
QUEBRADO!
!!

SQN!!!

O Ralph ficou TÃO furioso que começou gritar um monte de coisas não muito gentis para mim enquanto chutava a descarga...

"ESCUTA AQUI, MOLEQUE! ESPERE ATÉ EU COLOCAR AS MÃOS EM VOCÊ!! VOU TE DAR UMA SURRA E ARRANCAR A SUA CABEÇA! VOCÊ NUNCA VAI CONSEGUIR SAIR VIVO DAQUI! ISSO É UMA PROMESSA! VOCÊ ESTÁ ME OUVINDO? ESTÁ ME OUVIIIIINDO?!"

Era mais do que claro que o Ralph estava tendo um colapso nervoso.

Mas um banho frio de lodo fedorento que parecia e fedia feito diarreia de elefante provavelmente seria capaz de desarmar a maioria das pessoas.

Eu estava exausto e só queria ir para casa.

A revista em quadrinhos era uma causa perdida.

A essa altura não havia a menor CHANCE de eu conseguir tirá-la do Ralph.

E, quando meus pais ficassem sabendo de toda a confusão que eu tinha aprontado, muito provavelmente eu voltaria a estudar em casa com a minha avó na próxima terça-feira.

Mas o pior de tudo era que eu NUNCA mais veria a Erin.

JAMAIS!!

Eu tinha certeza de que a essa altura ela devia estar me ODIANDO.

Acho que isso foi bom enquanto durou.

Seja lá o que "isso" tenha sido!

Se eu queria sair vivo do colégio, então precisava encontrar uma saída o mais rápido possível.

Foi quando de repente lembrei que a Erin havia dito que tinha um montão de coisas no laboratório de biologia que eu poderia usar para criar uma armadilha para o Ralph e que o lugar ficava perto da saída dos fundos. Então foi exatamente para lá que eu fui...

Eu mal podia esperar que esse FIASCO finalmente terminasse!

21. COMO OS MEUS SONHOS SAÍRAM VOANDO PELA JANELA

O laboratório de biologia da Erin era idêntico ao meu laboratório de ciências.

Só que o de biologia tinha aquários cheios de peixes, tanques com répteis e gaiolas de mamíferos.

Havia também uma parte para insetos e aracnídeos, com tarântulas imensas e meia dúzia de criadouros de formigas.

Se ao menos a Erin não tivesse sido colocada de castigo! A gente ia ACABAR com o Ralph nesta sala!

Eu estava com tanta pressa que acabei causando um pequeno acidente quando estava saindo pela grade de ventilação.

Eu não pude acreditar quando percebi que tinha derrubado meia dúzia de tubos de ensaio e uns vidros que estavam em um armarinho...

Como a porta do laboratório estava aberta, o barulho de vidro quebrando ecoou pelos corredores...

PLIMMM!

Eu tinha certeza de que o Ralph tinha ouvido!

Tanto que eu estava na metade do caminho até a janela quando o Ralph entrou berrando na sala. Ele estava todo coberto de lodo e fedendo muito.

"Ei, moleque! VOLTEEEI! E tenho uma coisinha aqui que te pertence!", ele disse enquanto balançava a revista só para me provocar.

"Me dá isso! AGORA!", gritei.

"NÃO! Como você acabou com a MINHA vida, é justo que eu acabe com a SUA também!", ele respondeu.

Então ele rapidamente abriu a janela e jogou a minha revista fora!

IBI
COMPILAÇÃO
VOL 19 MAIO 1972

Engoli em seco e gritei...

"NÃÃÃÃÃOOOO!"

"Adeuzinho, revistinha!", Ralph debochava enquanto acenava para a minha revista em quadrinhos como se ele fosse o Coringa, o criminoso maluco. "Tenho certeza de que o pequeno TRAÍRA vai MORRER de saudades de você! Ele parece te amar TANTO! Mas agora você é LIVRE!"

Então Ralph virou e me encarou. "E então, o que você ACHA de voar pela janela com a sua revistinha querida?! Hein?"

O cara tinha pirado de vez! Acho que o Ralph MALVADO era muito melhor do que o Ralph MALUCO.

Dei meia-volta e corri para o fundo da sala. Foi quando vi o foguete da Erin e uma caixa de fósforos.

Mais do que depressa, acendi o foguete e apontei para o Ralph. Rezei para que isso o mantivesse afastado, pelo menos até eu conseguir sair do prédio!...

RÁ! NÃO ACERTOU!

O Ralph estava mais do que certo. Eu NÃO Tinha acertado.

O foguete da Erin estava indo direto nele, mas no último segundo virou e passou raspando pela cabeça do cara. Senti um aperto no coração!

~~Desculpa, mas a Erin não deveria de jeito nenhum ter tirado dez naquela porcaria! Acho que dois estaria de bom tamanho.~~

"O garoto da pizza fracassa novamente!", zombou Ralph, parado na frente da sala, rindo de mim.

Ele tinha razão. Eu era um completo FRACASSO!

Enquanto Ralph se aproximava lentamente, notei uma coisa esquisita. O topo da cabeça dele estava soltando fumaça.

Ele deve ter visto seu reflexo na janela ou algo assim, porque de repente começou a gritar e a correr pela sala como se o seu cabelo estivesse pegando fogo. O que foi uma reação lógica uma vez que o cabelo dele realmente ESTAVA PEGANDO FOGO!...

ÁGUA!! ÁGUA!!
CUIDADO COM A SININHO!!

CUIDADO
COM A
SININHO!!

Escuta, moleque! Assim que eu recuperar o fôlego, você já ERA!!
CUIDADO
COM
A
SININHO!!

COBRAAAAA!!

A princípio fiquei meio com medo de deixar o Ralph com a Sininho daquele jeito.

Mas ela parecia gostar dele, pois ficou lambendo a cara do Ralph e tentando brincar. Tipo um BICHINHO DE ESTIMAÇÃO gigante de... dez metros de comprimento e sessenta e oito quilos?

Acho que é mais seguro assumir que a Sininho é um animal domesticado uma vez que ela PERTENCE AO COLÉGIO.

Nunca a vi rastejando pelos corredores ABOCANHANDO alunos e professores!

Qual é?! Metade dos alunos já teria sido devorada. Portanto, a Sininho SÓ pode ser INOFENSIVA, certo?!

Mas, claro, eu poderia estar muito ENGANADO quanto a isso.

TÔ BRINCANDO!

SQN!!

Peguei o celular e tirei uma foto do Ralph. Agora eu tinha uma FOTO dos TRÊS criminosos capturados!

Pensei em enviar para a Erin. Mas era provável que ela nem ia ver, uma vez que seus pais tinham confiscado o computador...

NOSSA FOTO DE FICHA CRIMINAL DO RALPH

Ainda não fazia nem uma hora que a Erin tinha ido embora e eu JÁ estava começando a sentir saudade dela. SÉRIO!

22. O GRANDE MERGULHO

Eu NÃO podia acreditar que o Ralph tinha jogado a revista em quadrinhos do meu pai pela janela.

Todo esse fiasco trouxe de volta lembranças TRAUMÁTICAS da minha infância. Quando eu era mais novo, eu era totalmente fissurado pelo Super-Homem.

E, quando descobri que os pais o tinham enviado para a Terra numa espaçonave, resolvi construir uma também. Bem no meu quarto. Levei semanas para conseguir todo o material e finalmente terminar.

Meu plano era o Super-Homem e eu fazermos uma visita surpresa aos pais dele. E, enquanto eu estivesse visitando seu planeta, eu poderia adquirir alguns superpoderes TAMBÉM!

Mas meu irmãozinho, Oliver, estragou tudo quando começou a reclamar por causa do meu CAPACETE ESPACIAL de vidro, que parecia de verdade...

Claro que meus pais tomaram uma atitude e, como sempre, ficaram do lado do Oliver. Em vez de apreciarem meu trabalho, eles me fizeram limpar toda a bagunça do quarto.

E, quando voltei para casa da reunião do grupo de escoteiros, no fim do dia, encontrei a minha bela espaçonave no LIXO! Odeio quando jogam fora coisas muito importantes que pertencem a mim!...

De qualquer modo, agora com o Ralph fora de ação, corri para a janela e olhei para baixo...

PERIGO!
OBRAS

Eu não podia acreditar no que estava vendo! Minha revista em quadrinhos estava enroscada em uma estrutura tubular esquisita, presa na lateral do prédio.

Também parecia que estavam trocando o telhado daquele lado.

Vi cones, um cavalete e uma placa na qual estava escrito "PERIGO! OBRAS", o que significava que ninguém podia circular por ali. Mas meu caso era uma EMERGÊNCIA!

Então eu cuidadosamente saí pela janela, me pendurei no parapeito e me soltei sobre o telhado.

Estava muito escuro lá fora, mas o telhado estava iluminado pela luz de uma câmera de segurança.

Saí correndo, ajoelhei e peguei a revista. Mas acabei escorregando pelo tubo gigante.

Tombei para a frente e perdi totalmente o equilíbrio. De repente eu estava caindo! E continuei caindo...

E caindo!...

Até...

NÃÃÃÃO!
DEPÓSITO DE LIXO
RC
REI DA CAÇAMBA
HORÁRIOS DE COLETA
SEGUNDA – 10H
SEXTA – 14H

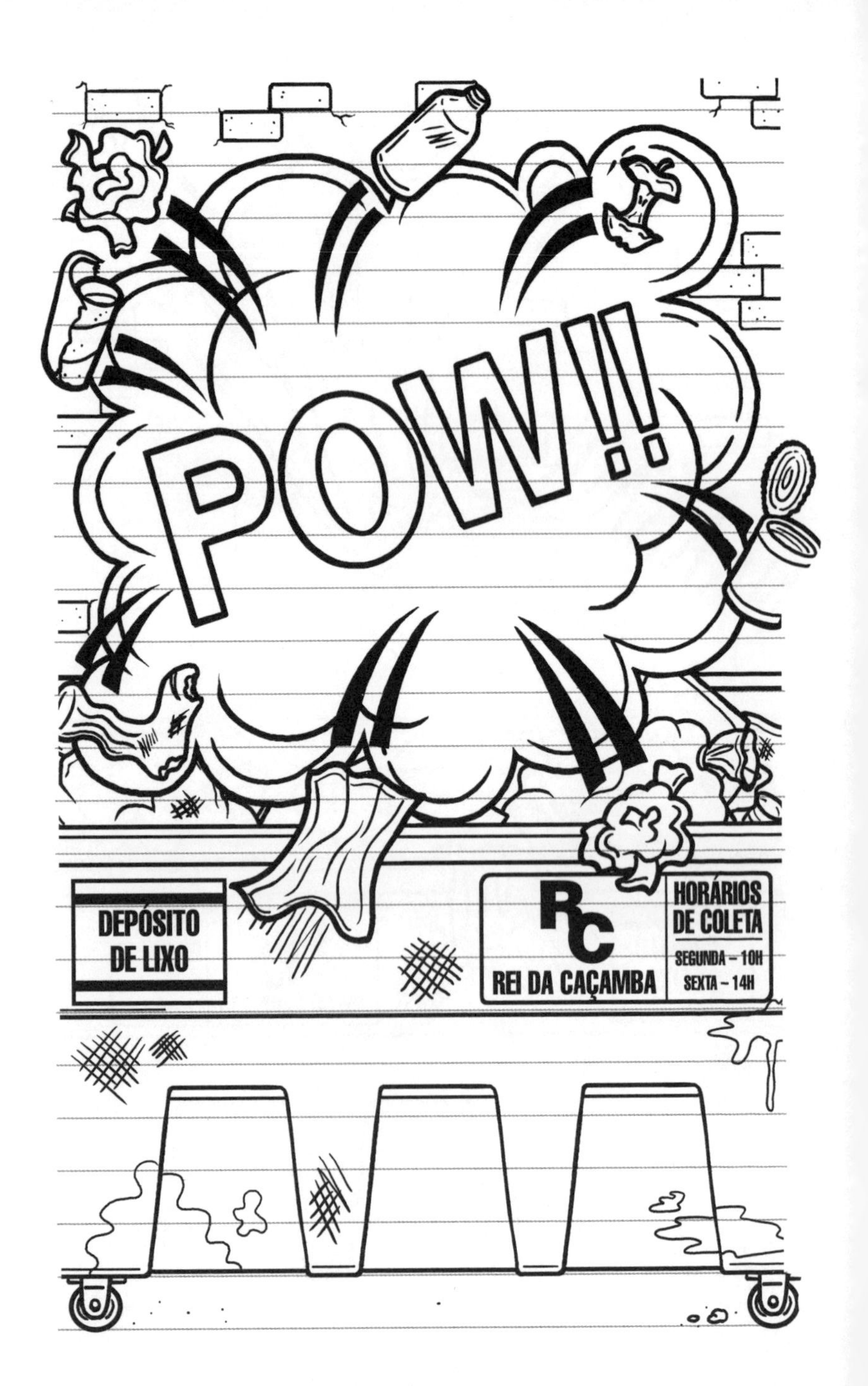
POW!!
DEPÓSITO
DE LIXO
RC
REI DA CAÇAMBA
HORÁRIOS
DE COLETA
SEGUNDA – 10H
SEXTA – 14H

DÁ UM TEMPO!!
DEPÓSITO DE LIXO
RC
DA CAÇAMBA
HORÁRIOS DE COLETA
SEGUNDA – 10H
SEXTA – 14H

23. QUANDO A VIDA É UM LIXO!

Não sei direito como fui parar dentro daquela caçamba. Quando me dei conta já estava lá, atordoado e completamente chocado.

Sim, eu estava VIVO.

Não, eu não quebrei nenhum osso.

Sim, os computadores do colégio estavam a salvo.

Não, os ladrões não estavam RONDANDO.

Mas MESMO ASSIM! Eu me senti PÉSSIMO! A revista em quadrinhos tinha sumido! E, depois que eu explicasse POR QUÊ, meus pais iam me tirar do colégio e me colocar para estudar em casa com a minha avó. E provavelmente eu nunca mais veria a Erin.

Tudo isso porque eu tinha feito muita BESTEIRA!

Então uma coisa muito estranha aconteceu. Começou a cair um monte de coisa em cima da minha cabeça, vindo do tubo...

GIBI
DEPÓSITO DE LIXO
RC
REI DA CAÇAMBA
HORÁRIOS DE COLETA
SEGUNDA – 10H
SEXTA – 14H
DIÁRIO

Meu diário. Minha caneta. Minha lanterna. O celular da Erin. E finalmente...

A REVISTA EM QUADRINHOS DO MEU PAI!!

Talvez a minha vida nem fosse tão RUIM assim.

Por sorte, caí em cima de um colchonete da enfermaria, que aparentemente tinha sido descartado. Passei horas ali, deitado naquele treco cheio de ondulações, tentando me recuperar dos encontros com o Tora. Eu reconheceria aquele cheiro em qualquer lugar. Sim, ele FEDIA a suor, xixi e vômito, mas nem liguei.

Eu estava tão abalado por tudo que tinha acabado de acontecer que provavelmente estava fendendo MUITO MAIS! Especialmente depois que o Ralph me PEGOU de surpresa no escuro atrás da porta. Ei, não tem graça. Se ele tivesse TE pegado, você também teria BORRADO as calças! Com certeza.

Uma coisa é certa! O Ralph deveria me AGRADECER MUITO, porque, quando ele me assustou daquele jeito, eu poderia ter entrado no meu módulo NINJA e aplicado um BELO GOLPE! Tô falando sério!

Fiquei muito chateado quando descobri que o telefone estava completamente ESTOURADO. De qualquer forma, a bateria já devia estar ZERADA a essa altura. Agora eu não poderia ligar para a polícia (ou para qualquer outra pessoa) tão cedo.

Mas pelo menos eu tinha conseguido recuperar a revista em quadrinhos do meu pai! E, por milagre, nem parecia que ela tinha acabado de passar pela TERCEIRA GUERRA MUNDIAL.

MARAVILHA!!

De repente bateu uma inspiração para escrever um rap...

MAIOR TRETA!
(DO RAPPER SUPERMANEIRÃO MAX C.)

Isso pode parecer
um monte de lixo!
Mas veja com outros olhos
e vira dinheiro vivo!

Tem bonequinho sem cabeça,
iPod detonado.
Mas veja com outros olhos
que dá pra lucrar um bocado!

Tem carne meio treta.
Umas meias pretas,
FENDENDO tanto
que fiquei até zureta.

Cinco skates quebrados,
mas nem fiquei bolado!
Duro foi o lanche mofado
que me deixou ZOADO!

Tem cadeado enferrujado.
Lego velho estourado.
Relógio parado.
Chaveiro de pedra detonado.

Chapéu rosa sebento.
Rato morto gosmento.
Bicho de pelúcia nojento.
Taco velho no relento.

Tava tudo contra mim!
Achei que fosse o meu fim!
Mas não tive piedade
botei os caras atrás das grades.

Fiquei no fundo do poço,
mas agora sou O CARA!
Minhas rimas são raras,
quero ver quem ME ENCARA!

O lixo de uns
pode ser o luxo de outros!
O que VALE para mim
nem sempre é bom para o outro!

Quando a vida estiver um LIXÃO,
ESQUENTA não!
Cê vai SAIR dessa,
meu irmão!

24. OFUSCADO PELA LUZ

Apesar de tudo, eu estava me sentindo muito bem. Mal podia esperar para contar para a Erin o que tinha acontecido.

Se eu não estivesse plantado em cima de uma montanha de lixo dentro de uma caçamba, eu teria feito a minha dancinha da vitória.

Então fiz tudo dentro da minha CABEÇA. Mas só durou uns catorze segundos.

Por quê?! Porque foi esse o tempo que levei para perceber que estava preso em um espaço cercado por muros de quatro metros e meio de altura.

UMA PRISÃO de muros de tijolos com quatro metros e meio de altura!

Mesmo ficando na ponta dos pés, no alto da caçamba, eu AINDA não conseguia chegar nem perto da beirada do muro.

O que significava que não tinha como sair dali...

GIBI
COMPILAÇÃO

Foi quando a realidade me atingiu como uma tonelada de tijolos!

A polícia NÃO encontraria meu CADÁVER no meu armário. Nem na sala das caldeiras.

Respirei fundo e murmurei: "POR FAVOR, diga que eles NÃO vão encontrar o meu cadáver em uma caçamba cheia de lixo nos fundos do colégio?!!"

Foi quando ouvi uma voz familiar.

"Tudo bem, deixa eu te contar. Max, eles não vão encontrar o seu cadáver em uma caçamba cheia de lixo nos fundos do colégio!", a Erin riu.

Peguei o celular quebrado e chacoalhei: "ERIN! É VOCÊ? VOCÊ VOLTOU! É um milagre que este celular ainda esteja funcionando! Está todo estourado!"

"É, estou vendo. Mas pare de gritar com esse aparelho detonado. Estou bem aqui. Olhe para cima!"

De repente, uma luz muito forte me cegou...

ERIN?

"O que VOCÊ está fazendo aqui?!", gaguejei.

"Bom, na verdade, a história é, tipo, bem longa."

"Ei, estou preso em uma caçamba. TENHO todo o tempo do mundo! E mais dois aparelhos dentários, uma porção de meias sujas, dezessete rolos de papel higiênico vazios, cinco sanduíches pela metade, meio quilo de uma carne estranha estragada etc.", disparei.

"Bom, meus pais confiscaram meu computador porque eu estava online despois do horário permitido e, em seguida, me colocaram de castigo para que eu me torne uma adulta mais responsável. Por isso tive que pegar o computar do meu pai para ver o que estava rolando por aqui. Depois me troquei rapidinho, desliguei o alarme de casa, pulei a janela do meu quarto, peguei a minha bicicleta e vim verificar se você estava bem", a Erin explicou.

"Mas eu poderia estar em qualquer lugar neste colégio imenso. Como você sabia que eu estava aqui?"

A Erin se inclinou para trás e apontou a lanterna para a câmera de segurança no alto do prédio. "Quando vi a sua revista em quadrinhos voando pela janela, eu sabia que era apenas questão de tempo até você sair voando pela janela atrás dela. Foi quando eu percebi que precisava vir para cá. E RÁPIDO!"

De repente, a Erin ficou muito séria. "Você está bem?"

"Estou SIM!", murmurei. "Mas graças a você! Que veio aqui verificar. Especialmente depois de todo o drama com os seus pais. Eu, humm... agradeço muito", falei sem jeito.

"Bom, vamos tirar você daí! Liguei para a polícia minutos atrás; eles já devem estar chegando."

Foi quando a Erin apontou a lanterna para baixo, e de repente a minha roupa brilhou. "MAX CRUMBLY! POR QUE VOCÊ ESTÁ VESTINDO A MINHA FANTASIA DE PRINCESA DO GELO?!"

Eu olhei bem nos olhos dela, agitando as mãos lentamente na frente da cara dela...

"Max, você está MALUCO?! Ou talvez você tenha batido a cabeça quando caiu na caçamba, pois você está agindo feito um DOIDO, cara!"

"Hum, na verdade, eu estava tentando executar um truque mental Jedi!", dei uma risadinha sem graça.

Bom, pelo jeito seu truque Jedi não funcionou! Agora por que você está com a minha fantasia de princesa do gelo?!"

"Você não está vendo nenhuma princesa do gelo..."

"Corta essa, Max, não tem graça!"

"Não, estou falando bem sério. Vai funcionar!"

De repente, os olhos da Erin ficaram vidrados, e ela ficou me encarando como se não estivesse vendo nada.

"EU. NÃO. ESTOU. VENDO. UMA. FANTASIA. DE PRINCESA. DO GELO", ela murmurou meio que em transe.

Claro que aquilo me deixou apavorado.

"Erin, eu só estava brincando. Vamos, acorde! Por favor!", implorei.

Por fim, ela não conseguiu mais ficar séria e caiu na risada. Eu também. FOI engraçado. Um pouco.

"Qual é, Erin? Você não acha que eu estou numa vibe de superpoderes? Estou curtindo isso!", falei, fazendo pose de Batman.

"Você quer mesmo saber o que eu acho, Max? Eu acho que você daria um ótimo dublê de Elsa, a Rainha do Gelo, no próximo *Frozen*!", ela riu.

Revirei os olhos.

ISSO estava muito ERRADO! Em vários níveis!

Sério!!

25. OUTRA DESVENTURA CONSTRANGEDORA DE MAX CRUMBLY

"Aqui. Segure a minha mochila que vou puxar você." A Erin disse enquanto pendurava a mochila na minha direção.

"Tem CERTEZA que você vai conseguir me puxar?", perguntei. "A sua mochila é muito fofa, mas será que vai aguentar o meu peso?"

Foi quando ouvi um barulho distante de sirene. A polícia estava chegando.

"Rápido, Max! Precisamos cair fora daqui antes que a polícia chegue! Se meus pais descobrirem que saí escondido de casa, em vez de uma semana, eles vão me deixar de castigo até eu completar vinte e um anos", a Erin reclamou.

Dei um pulo e segurei na mochila da Erin.

Depois tudo pareceu acontecer em câmera lenta.

Primeiro a Erin gritou de susto e surpresa.

Depois ela tombou de cabeça por cima do muro.

Por fim, ela aterrissou no colchonete, bem ao meu lado na caçamba, com um tremendo...

PUMP!

"ECA! AI, MEU DEUS! Que cheiro horrível?!", ela estremeceu.

"Corta essa, Erin! Estamos em uma CAÇAMBA. Lembra?! Esse cheiro pode ser qualquer coisa! Comida estragada, livros embolorados, até um animal morto", provoquei.

Claro que, convenientemente, deixei de lado a parte que poderia ser... EU.

"Como vamos sair daqui?! Se não conseguirmos, seremos expulsos do colégio!", a Erin entrou em pânico.

"Não sei. Mas vamos dar um jeito, tá bom?", exclamei. "RELAXA!" Ficamos ali sentados durante um tempo. Então a Erin começou a me atormentar...

VOCÊ RECONHECE QUE ISSO TUDO É CULPA SUA!
DE JEITO NENHUM! A CULPA É TODA SUA!
DEPÓSITO DE LIXO
RC
REI DA CAÇAMBA
SEXTA – 14h
DIÁRIO

Se isto fosse uma revista em quadrinhos, provavelmente terminaria assim:

Dá última vez em que vimos nosso herói, Max, ele e sua parceira, Erin, estavam presos em um DEPÓSITO DE LIXO, sentados em cima de uma caçamba lotada, cercados por muros intransponíveis de quatro metros e meio de altura, e trancados atrás de portas de ferro maciço.

Será que eles conseguirão dar um jeito de ESCAPAR e continuarão COMBATENDO O CRIME em SEGREDO dentro dos túneis labirínticos do sistema de ventilação e dos corredores úmidos e sombrios do Colégio South Ridge?

Ou serão apanhados pelas autoridades e expulsos do South Ridge por terem quebrado as setenta e três regras do colégio em um único dia?

Será que o Moose ainda está plastificado na cozinha? Será que o Tucker ainda se encontra balançando na rede no ginásio? E o Ralph, será que ainda está enrolado com uma cobra de dez metros chamada Sininho, no laboratório de biologia?

Ou será que eles conseguiram escapar e se juntar para tramar uma VINGANÇA sombria e sinistra?

Certo, galera! Vocês não deveriam ficar surpresos ou chocados pelo fato de eu os deixar assim no suspense.

DE NOVO!

Avisei que isso poderia acabar com um final de pura tensão como em uma revista em quadrinhos de verdade. O que significa que o meu diário...

CONTINUA!

Agora preste MUITA atenção...

VOCÊ É UM HERÓI!

VOCÊÊÊÊ É UM HERÓÓÓÓÓI!!!

Agora vá salvar o mundo!

AVISO! Você acabou de ser vítima de um truque mental Jedi.

Tome cuidado, pois se tornar um SUPER-HERÓI pode resultar em aventuras enlouquecedoras.

~~Incluindo possível contato com lixo, lodo, esgoto e outras substâncias fedorentas. NÃO SE PREOCUPE, SÓ ESTOU BRINCANDO!~~

~~SÓ QUE NÃO!~~

Se posso evitar que o que aconteceu COMIGO aconteça com você ou outro garoto, então cada segundo que a Erin e eu passamos sofrendo naquele depósito de lixo nojento terá valido a pena.

Porque se NÓS conseguimos nos tornar super-heróis e transformar o mundo num lugar melhor...

VOCÊ TAMBÉM CONSEGUE!!

NA REAL!

AGRADECIMENTOS

Dá ultima vez em que vimos nosso time de super-heróis, liderados pela Batgirl (minha diretora editorial, Liesa Abrams Mignogna), Liesa estava muito ocupada orquestrando um plano genial sobre como finalizar meu original, se afastando de armadilhas e amarras. Lançando mão de sua audição supersônica e telepatia, ela conseguiu literalmente editar as páginas do original antes mesmo que ele tivesse sido escrito. Ela é supercriativa, encantadora e é capaz de conquistar qualquer coisa com toda a calma e um sorriso. Obrigada, Batgirl (e ao Batboy também), por ser a minha batguerreira de capa.

Usando seus poderes mágicos de moldar, transformar e manipular ilusões, Karin Paprocki, minha talentosa diretora de arte, estava criando uma capa maravilhosa e layouts fabulosos que vão encantar as crianças do mundo todo. Obrigada por todo o trabalho e dedicação.

Minha incrível editora executiva, Katherine Devendorf, estava ocupada usando seus poderes de manipulação literária para colocar as palavras em sequências eletrizantes. Com um toque de sua caneta, ela foi capaz de deter o perigo que rondava as páginas do original, e por isso sou muito grata.

Meu fantástico superagente e aliado, Daniel Lazar, estava usando seu intelecto superior e poderes telepáticos para transformar um simples sonho em realidade. Obrigada por seu apoio incansável e inabalável e por ser um verdadeiro campeão, defensor e amigo.

Minha liga de super-heróis na Aladdin/Simon & Schuster — Mara Anastas, Mary Marotta, Jon Anderson, Julie Doebler, Faye Bi, Carolyn Swerdloff, Matt Pantoliano, Catherine Hayden, Michelle Leo, Anthony Parisi, Christina Solazzo, Lauren Forte, Chelsea Morgan, Rebecca Vitkus, Crystal Velasquez, Jenn Rothkin, Ian Reilly, Christina Pecorale, Gary Urda e toda a força de vendas estavam colaborando, usando seus vastos e incomparáveis superpoderes e habilidades para transformar esta série em um imenso sucesso. Obrigada por serem tão destemidos e comprometidos. Vocês formam o melhor time do mundo!

Torie Doherty-Munro, da Writers House; minhas agentes de direitos internacionais Maja Nikolic, Cecilia de la

Campa, Angharad Kowal e James Munro; e Zoé, Marie e Jo estavam todos ocupados usando poderes telepáticos para traduzir o mundo de Max numa linguagem universal, para que todos deste planeta consigam entender. Obrigada por tudo que vocês fizeram!

Minha companheira supertalentosa, Nikki, estava ocupada criando novas formas de vida ilustrada. Nunca deixarei de apreciar as nossas aventuras no dia a dia e desafios no mundo editorial. Eu me considero uma mãe muito sortuda por ter o prazer de trabalhar com você todos os dias.

Meus outros companheiros, Kim, Doris, Don e toda a minha família estavam protegendo o nosso lar e executando a nossa missão. Eu não teria sido capaz de nada disso sem vocês. Vocês estão ao meu lado não importa o desafio ou a peripécia.

PHOTOGRAPH © BY SUNA LEE

RACHEL RENÉE RUSSELL

é autora número um na lista de livros mais vendidos do *New York Times* pela série de sucesso *Diário de uma garota nada popular* e pela nova e emocionante série *Desventuras de um garoto nada comum*.

Rachel tem mais de vinte e cinco milhões de livros impressos pelo mundo, traduzidos para trinta e seis idiomas.

Ela adora trabalhar com suas duas filhas, Erin e Nikki, que a ajudam a escrever e a ilustrar seus livros.

A mensagem de Rachel é: "Transforme-se no herói que você sempre admirou!"